edition ♦ karo, **neue literatur**, Band 8

Für Ralf

Chris Inken Soppa

**KALYPSOS LIEBE
ZUM KALTEN SEERHEIN**

Roman

Literaturverlag Josefine Rosalski, Berlin 2015

Seerhein

Fluss-Seeschwalben stürzen sich auf die Wellen. Ein Vater in Wanderschuhen, grauer Hose und kariertem Hemd hält seinen kleinen Sohn Richtung Himmel und ruft, schau mal, Harry, so viele Vögel! Das Kind reagiert mit piepsendem Lachen und greift ins Leere. Schmale, weiße Flügel kämpfen um Auftrieb, zierliche Körper stechen im freien Fall nach unten.

Niks tut es den Vögeln nach und wirft sich Kopf voran ins Wasser. Die Kälte hüllt sie von allen Seiten ein, blau-grünes Sonnenlicht und Luftblasen machen ihr klar, wie abrupt die Tiere hier unten gebremst werden. Sie entdeckt keinen einzigen Fisch, obwohl sie die Augen weit offen hält. Nur schwimmende Ahornblätter, deren Schatten flüchtige Punkte auf dem klaren Kiesgrund ergeben. Niks schwimmt langsam und geduldig. Die Fluss-Seeschwalben sind viel schneller, doch auch sie beweisen Geduld. Ein erfolgloser Sturz nach dem anderen, erneutes Gen-Himmel-Steigen, Flügelanlegen, Fallenlassen.

Die Oktoberkälte zwingt Niks, sich trockenzureiben, bis ihre Haut heiß und rot wird. Beide Arme wirbeln im Kreis, Blut und Wärme müssen zurück in die Fingerspitzen. Niks legt sich das Handtuch über die Schultern, drückt Wasser aus ihren Haaren. Ein gelbes Ahornblatt ist mitgekommen und klebt an ihrem Oberschenkel. Sie nimmt den Stiel zwischen Daumen und Zeigefinger, löst das Blatt, lässt es zu Boden trudeln. Über dem Wasser fallen immer noch Vögel vom Himmel, machen letzte Beute vor ihrem langen Flug nach Süden.

Die Kälte ist ein sicheres Mittel gegen die alltägliche Trübsal des Alterns. Wenn ein Körper verfällt, wird er traurig. Dumpf drückende Gliedmaßen, die morgens nicht aus dem Bett kommen wollen. Ein Mund, der nicht sprechen möchte, weil er trocken ist und klebt. Unklare Schmerzen, die auftauchen und wieder spurlos verschwinden, um sich an anderer Stelle festzusetzen.

Noch vor knapp acht Monaten saß Niks im regionalen Nachrichtenstudio und las stündlich Meldungen in den Äther. In kurzen und längeren Berichten kam die Welt zu ihr auf den Bildschirm. Niks wählte die Texte aus, schrieb sie um und schickte sie mündlich weiter, ohne ernsthaft zu glauben, dass ihre Worte nach draußen gelangten. Durch die Glasscheibe ihrer schallgepolsterten Zelle sah sie nur die Techniker. Es waren die Techniker, denen sie vorlas. Nette Jungs, höflich, aufmerksam, immer ein wenig altmodisch wirkend, mit ihren langen, zum Zopf zurückgebundenen Haaren, ihren Streberbrillen und karierten Hemden. Fast alle spielten in einer Band, wenn sie freihatten. Oder sie produzierten elektronische Musik auf ihren Rechnern, Stücke mit hoher Frequenz und gelegentlichem Flimmern.

Zum Schluss hatte Niks selbst mit der Weitsichtbrille Mühe, die kleinen Zeichen auf dem Monitor zu verstehen. Manchmal sehnte sie sich zurück in die Zeit, als Meldungen noch per Telex und Tonband bei ihr eintrafen, Worte und Stimmen noch gegenständlich waren. Man konnte Satzteile abschneiden, neu zusammenkleben und in den Müll werfen, wo sie als braune Magnetbänder so lange offen liegen blieben, bis die Putzfrau sie holte. Manchmal ließ Niks ein Stück Band in den Mülleimer rutschen und stellte später fest, dass sie es doch noch brauchte. Ein achtlos weggeworfener Tonschnipsel verbarg sich perfekt zwischen hundert stummen, teilnahmslosen, nahezu identischen anderen. Man musste den Mülleimer auf dem Studioboden ausleeren, alle Schnipsel aus dem Haufen ziehen, mit der Hand entwirren und sie dann durchs Tonbandgerät laufen lassen. Man stieß auf Versprecher, Knacklaute, Atmen, Schmatzen oder Flüche. War der entscheidende Schnipsel schließlich gefunden, hatte man ihn sicher. Kein Zentralcomputer konnte ihn mehr löschen.

Paradies

Niks wickelt sich in ihr Handtuch, steigt in Socken und Schuhe und überlegt, in welcher Jackentasche sie ihren Hausschlüssel vergessen hat. Sie braucht nur fünf Minuten bis nach Hause, kommt in ihre Wohnung, hängt die nassen Klamotten über den Badezimmerständer, bringt den Wohnzimmerofen zum Brennen und lässt sich seufzend mit einer Tasse Tee an ihrem Küchentisch nieder. Die Wohlfühlkälte in ihrem Körper wirkt wie eine aufputschende Droge, von der sie nur sparsam kosten darf.

In ihrer Wohnung ist es still, ganz anders als in der Kindheit bei ihren Großtanten. Das Ticktack der Standuhren musste damals in den Abendstunden gestoppt werden, damit ein kleines Mädchen namens Nikola Berger ruhig schlafen konnte. Bei Niks sind heute alle Uhren stumm, Radio und Fernseher ausgeschaltet, Fenster und Türen fest geschlossen. Als es klingelt, zuckt sie zusammen. Öffnet nur zögernd.

Wie eine bunte Woge platzt ihre alte Freundin Ulla Laurenz ins Zimmer: plumpe Glieder, viel Stoff, eine wuchtige Erscheinung, die schwer an sich selbst trägt. Sie runzelt die Stirn. Warst du etwa wieder im Seerhein baden?

Niks nickt. Komm doch rein.

Ulla zieht sich umständlich die Schuhe aus. Dein Herz wird dir das noch mal heimzahlen.

Kannst sie ruhig anlassen bei mir.

Ulla ächzt ein wenig, während sie sich schwankend auf den linken Fuß stellt, um den rechten Schuh von sich zu wuchten. Überall heißt es doch, wir sollten wieder barfuß gehen.

Niks schließt die Tür. Aber nur mit ärztlichem Attest. Möchtest du Tee?

Zimperlich lässt sich Ulla auf einem Küchenstuhl nieder. Sie bewegt ihre Zehen, als fürchtete sie, etwas Gefährliches könne sich von dort auf ihrem ganzen Körper ausbreiten. Es ist nicht einfach, in Niks' Vorratsschrank eine Teesorte zu finden, die Ullas Gemütslage entspricht. Doch endlich hält sie eine Tasse dampfenden Honig-Rooibos in den Händen und ist bereit, einen Schokokeks zu sich zu nehmen. Wenigstens Niks weiß, was Ulla sich wünscht. Ihre drei unmöglichen Kinder hingegen haben keine Ahnung. Sie wollen mir eine Donau-Kreuzfahrt zum Geburtstag schenken, stell dir das mal vor! Eine Donau-Kreuzfahrt! Dabei wollte ich immer nach Alaska fahren und kalbende Gletscher sehen. Mein ganzes Leben lang wollte ich das. Mein ganzes Leben lang bin ich von meinen eigenen Kindern verkannt worden.

Niks ist sich nicht sicher, was man von Kindern zu erwarten hat. Zwischen ihr und ihrer eigenen Mutter gab es nur selten innige Momente. Mit ihrer Ankunft am 30. April 1945 hat Niks das Leben ihrer Mutter zerstört. Welch böses Geschick – und nicht einmal ein Vater dazu, hieß es hinterher in der Verwandtschaft. Angeblich weinte ihre Mutter tagelang, als sie vom Tod des Führers erfuhr. Wir haben uns furchtbar um sie geängstigt, erzählten die Großtanten. Als sie mit dir in den Wehen lag, schrie sie unaufhörlich seinen Namen. Sie war so schwach, hatte so viel Blut verloren, und dann so ein Schlag, davon erholte sie sich nur langsam. Du warst ein greinendes, kümmerliches Ding. Wir hielten es für unsere Pflicht vor dem Herrgott, dich hochzupäppeln, dabei hatten wir ja selbst nichts mehr. Mit unseren letzten Groschen kauften wir Milch, die du sofort wieder ausgespuckt hast. Du warst immer schon starrsinnig, genau wie deine Mutter.

Ulla schiebt sich den Keks in den Mund, kaut rasch und gründlich. Ihre Enttäuschung untermalt sie mit großer Geste. Einst war Ulla die Frau mit der größten, erotischen Wahlfreiheit an der frisch gegründeten Universität. Kommilitonen beiderlei Geschlechts pflegten ihr heimlich Zettel zuzustecken. Trugen ihr die Bücher. Luden sie zum Essen ein. Ständig wurde sie von neuen Verehrern angesprochen. Und sie erwartete so viel von sich! Während Niks träumerisch abwesend einen Schritt rückwärts trat, war Ulla mittendrin, lebendig, redend, gestikulierend. Voller Andacht las sie die Werke von Marx und Descartes, Freud und Wittgenstein und war gleichzeitig überzeugt, jünger, kühner und weiser zu sein als sie alle. Es schien damals kaum etwas zu geben, das sie sich nicht zugetraut hätte. Doch nach ihrer Affäre mit einem Jahrzehnte älteren Geschichtsprofessor versank Ulla im Traditionellen. Heiratete einen Doktoranden. Statt eines Verlages gründete sie eine Familie. Legte ihre Dissertation unfertig beiseite. Sie hielt sich für zu intelligent, zu sensibel und von neuen Reizen zu schwer ergriffen, um sich nur auf eine einzige Sache zu konzentrieren. Ein Nervenzusammenbruch folgte, diverse Klinikaufenthalte, schließlich die Diagnose ADS. Sie legte sich ein perfektes Leben zurecht, das sie bis heute nachzuspielen versucht.

Meine Kinder denken nur an sich selbst, sagt Ulla bitter, und Niks schiebt sich die Ärmel ihres Bademantels über die Ellenbogen. Die Erfrischung, die der Seerhein ihr mitgegeben hat, ist schon längst dahin.

Die jungen Techniker vor der Glaszelle hatten oft neue Klänge für Niks dabei. Fühlten sie sich geschmeichelt, weil sich eine Frau für ihre Musik interessierte, die so deutlich älter war als sie selbst? Das Meiste blieb für Niks unverständlich. Reihen tonloser Lieder, die häufig so klangen, als ließe sie jemand rückwärts durch einen Kassettenrecorder laufen. Doch manchmal war ein Stück dabei, das ihr die Welt farbiger machte. Dann zog sie sich eine Kopie, um die neu entdeckte Musik stundenlang mit sich herumtragen zu können, und signalisierte den Jungs ihre Dankbarkeit. Darüber schienen sie sich zu freuen.

Nur wenige Männer fanden einst Gefallen an Niks. Ihr Körper war zu geradlinig, um als »fraulich« bezeichnet zu werden, und sie nickte und lächelte nicht gerne. Männer bevorzugten weiche, runde Frauen wie Kissen, in die sie hineinfallen und in denen sie herumwühlen konnten. Frauen, die sich so zart und kindlich kichernd gaben, als hätte die Realität sie bereits überwältigt.

Deine Augen sind so klar, sagte Ferdinand an Niks' einundzwanzigstem Geburtstag. Er war der erste »Bekannte« ihres Lebens. Er brachte ihr mitten im Winter einen Fächer mit. Einen dunkelbraunen, verziert mit stilisierten Abbildungen von Vögeln und Schmetterlingen. Sobald sie ihren Griff ein wenig lockerte, fiel der Fächer in ihrer Hand auseinander. Sie wusste nicht, was sie damit anfangen sollte, und vergaß ihn im Café.

Du bist so unaufmerksam, klagte Ferdinand, als müsste ihr Blick ständig auf ihm ruhen, ihm folgen, ihm applaudieren. Manchmal packte er sie am Kinn und zwang ihr Gesicht zu sich. Sie schloss die Augen. Er trug den strengen Seitenscheitel der frühen sechziger Jahre, dazu graue, enge Anzüge und eine dicke Hornbrille. Er redete von Autos, seinem alten VW Karmann, den er durch einen Mercedes ersetzen wollte. Von einer Eigentumswohnung und seinem wichtigen Job bei Siemens. Seine knöcherne Unförmigkeit ging Niks bald auf die Nerven. Sie verstand ihn nicht. Wieso erzählte er ihr das alles, wo er doch nie von Liebe sprach? Oh ja, von Heirat redete er ständig. Vom Verlobungsring, den er ihr kaufen wollte.

Ihre Frage brachte ihn aus der Fassung.

Liebe, sagte er mit langen Zähnen, als hätte er etwas Ekliges gegessen. Darüber spricht man nicht. Das macht man bloß.

Niks ließ es zu, hinten auf dem Rücksitz seines Karmanns. Ferdinand war noch trockener als sie selbst. Zu allem Unglück wurden die beiden von einem berittenen Polizisten entdeckt, der an das Fahrerfenster klopfte und wegen Erregung öffentlichen Ärgernisses mit einer Verwarnung drohte. Das Zittern in Ferdinands Stimme verriet Niks, was in seinem aufgescheuchten Hirn vor sich ging. Eine Anzeige, Entlassung, kein Daimler, keine Eigentumswohnung. Und keine Heirat. Jedenfalls nicht mit ihr. Wenn ich das gewusst hätte, sagte er. Dass du dich so schnell mit jemandem einlässt. Es überraschte Niks, wie erleichtert sie sich fühlte. Einem Mann offen ins Gesicht zu sehen und dabei Nein zu sagen, war eine schwierige Übung für ein gerade erst volljährig gewordenes Fräulein.

Andere Bekanntschaften folgten, doch immer schien etwas zu stören. Vielleicht lag es an ihrer Stimme, zu durchdringend, zu sonor für eine junge Frau. Erst Jahre später durfte sie ans Radiomikrofon. Du bist ein echter Charakter, sagte ihre Freundin Ulla, und Niks wusste nicht einmal, ob das freundlich gemeint war.

Morgens fühlt sie sich, als wäre das Alter tatsächlich bei ihr angekommen, einem fremden Organismus gleich, der sich ungefragt und mitleidlos in ihr breitmacht. Tagsüber versucht sie, über ihre sechsundsechzig Jahre zu lachen, sie als bloße Zahl zu verstehen, doch das Aufwachen zeigt ihr brutal, was noch vor ihr liegt. Ihre Knochen scheinen spröde, ihr Gaumen ist schuppig und heiß und schmeckt nach vergammeltem Fleisch. Ihre Gelenke wirken eingerostet. Niks liegt minutenlang flach auf dem Rücken, starrt in die beginnende Helligkeit hinter den Lamellen der Fensterläden, denkt über Inkontinenzwindeln, Treppenlifte und Rollatoren nach. Irgendwann gelingt es ihr, sich vorsichtig zu drehen, zu wenden, einen Schluck Wasser zu trinken, ihre Beine dem neuen Tag entgegenzurecken, bis ihr Körper wieder ganz ihr selbst gehört. Es verblüfft sie, wie schnell sie das Alter doch noch abstreifen kann, als wäre es ein schwerer, unansehnlicher Fetzen, den sie ungestraft mit Füßen treten darf.

In den siebziger Jahren interviewte sie eine Frau, deren Ehemann als Chauffeur bei einer Terrorattacke ums Leben gekommen war. Die Frau reagierte überraschend sanft.
Ich trauere nicht um ihn.
Sie wirkte schmal, vom Leben aufs Nötigste abgeschliffen. Ihre Hände lagen demütig und flach auf dem Tisch. Zwei glückliche Familien beim Sonntagsspaziergang, hatte Niks als Kind beim Betrachten ihrer eigenen Hände gedacht. Der Mittelfinger war Papa, der Ringfinger Mama, der spitz zulaufende Zeigefinger die ältere Tochter, der kleine Finger der Sohn und der Daumen der Familiendackel. Auch die Hände der Chauffeursfrau stellten Familien dar. Die linke Tochter war der linken Mama allerdings schon über den Kopf gewachsen. Dafür war die rechte Tochter blau, blutunterlaufen und gestaucht und der rechte …
Ein lebloser Daumen, der in unerhörtem Winkel nach unten stand, als hätte ihn jemand mehrfach aus- und wieder eingerenkt. Die Haut spannte sich gelb, lila und weiß glän-

zend darüber. Dazwischen die roten Sprenkel gerissener Äderchen.

Sein Leben war hart. Die Chauffeursfrau klang gleichgültig. Tag und Nacht wurde er hinausgeklingelt, musste stundenlang im Auto warten. Zuerst hat er gelesen, um sich die Zeit zu vertreiben. Dann fing er an zu trinken …

Niks hielt ihr Mikrophon fest, starrte auf die verletzte Familie, bis die Frau erneut zu sprechen begann.

Eine schreckliche Arbeit. Diese anspruchsvollen, hohen Herren, die immer alles sofort haben wollten. Er war nicht geschaffen dafür. Er kam mit Albträumen wieder, weil er Sachen erfuhr, die er gar nicht hätte wissen dürfen. Ich sollte zu Hause bei den Kindern bleiben. In Sicherheit. Das hat er mir schließlich missgönnt.

Die Stimme der Frau wurde kieselhart. Es geht niemanden etwas an. Oh ja, das hat er mir selbst gesagt. Die Familie, die Familie. Ich solle die Familie nicht zerstören. Das habe ich auch nicht, und jetzt bin ich frei.

Zwischen ihren Lippen brach ein strahlendes Lächeln hervor.

Als das Telefon klingelt, hat sich Niks gerade ein Hörnchen in Alufolie auf der Herdplatte erwärmt und ist dabei, es in eine große Tasse Milchkaffee zu tunken.

Niks? Nikola Berger? Eine Frauenstimme.

Am Apparat. Als spräche Niks in ein Bakelit-Wandtelefon! Wer ist denn da?

Karen. Karen Eno. Weißt du noch? Ich bin die Freundin von Nadine.

Nadine. Die Praktikantin, die vor über zwanzig Jahren beim Nachrichtensender arbeitete und in Konstanz kein Zimmer fand. Niks nahm sie für vier Wochen auf und betreute ihre Arbeit. Im darauffolgenden Jahr kam Nadine als Volontärin wieder und brachte ihre Freundin Karen mit, die ihr erstes Radiopraktikum absolvieren wollte. Niks besorgte den beiden ein WG-Zimmer. Viele Stunden ihrer knapp bemessenen Freizeit verbrachten die jungen Frauen damals mit Niks. Erst als Nadine und Karen heirateten und Familien gründeten, verloren sie einander aus den Augen. Aus den Weihnachts- und Osterpostkarten, die gelegentlich bei ihr eintreffen, hat Niks erfahren, dass Nadine in Genf wohnt, zwei Töchter hat und mit einem Doktor der Teilchenphysik liiert ist. Über Karen weiß sie weniger. Karen ist geschieden, hat ihren Mädchennamen wieder angenommen und lebt mit ihrem Sohn irgendwo im Thurgau.

Karen? So eine Überraschung!

Also erinnerst du dich noch an mich?

Aber natürlich. Karen Eno. Die dänische Primaballerina.

Karens deutsche Mutter starb früh; ihr dänischer Vater investierte viel Zeit und Geld in das Ballettprogramm seiner Tochter. Mit siebzehn war sie so magersüchtig, dass ihre Knochen brachen wie Glas. Die lange Therapie bohrte eine Pause in ihr ehrgeiziges Trainingsprogramm, von der sich ihre tänzerischen Leistungen nie wieder erholten. Da stand sie nun, mit einem auf Normalmaß hochgemästeten Körper, ohne die geringste Ahnung, wie ihr Leben weitergehen sollte. Zum Radio kam sie durch Nadine. Ihre Härte, die einst eine vielversprechende Tänzerin aus ihr gemacht hatte, zahlte sich nun aus. Schon als Praktikantin kannte sie keine Gnade. Altgediente Redakteure gaben zu, sich vor ihr zu fürchten. Niks jedoch empfand Mitleid mit ihr, dieser schlanken, zierlichen, jungen Frau mit dem hochgesteckten, dunklen Haar und dem kühlen Blick, deren schnappende Atemzüge von der Angst zeugten, erneut zu versagen.

Du hast mich nie tanzen sehen. Selbst heute klingt Karen noch einschüchternd.

Niks erkundigt sich nach dem Sohn.

Gut. Es geht ihm gut, sagt Karen. In zwei Tagen wird er einundzwanzig. Stell dir das vor. Ab übermorgen darf er eine Lok fahren, ein Kind adoptieren und sich zum Landrat wählen lassen. Es macht mich *alt*, Niks.

Niks seufzt in ihre Sprechmuschel und fragt sich, wer ihr eigentlich verbietet, einfach aufzulegen. Der Milchkaffee ist sicher nur noch lauwarm, das Hörnchen hoffentlich nicht in die Tasse gerutscht.

Ich mach mir Sorgen um ihn, sagt Karen. Wir haben ihn ohne Fernseher aufwachsen lassen, ohne Computer und den anderen technischen Kram. Mit sechzehn hat er einem anderen Jungen das Notebook geklaut. Na ja, ich musste ihn dann für ein Jahr aufs Land schicken. Auf eine Montessori-Erdkinder-Erfahrungsschule. Ein Jahr körperliche Arbeit auf dem Feld und im Stall. Es tat ihm so gut, weißt du. Er hat hinterher sein Abi gemacht, und nun will er Journalist werden. Ich bin richtig stolz auf ihn. Aber vielleicht kommt er unter die falschen Leute. Deshalb wollte ich dich bitten …

Er braucht einen Praktikumsplatz?

Er fängt nächsten Monat beim Sender an, als Volontär. Könnte er nicht anfangs bei dir wohnen, bis er sich eingelebt hat? Die Zimmer sind ja teurer denn je. Am liebsten würde ich mitkommen, aber ich habe gerade bei unserer evangelischen Gemeinde eine neue Stelle als Internet-Redakteurin angenommen. Außerdem finde ich, dass Hek endlich auf eigenen Füßen stehen sollte.

Niks schließt die Augen. Hätte Hektor nicht lieber ein Zimmer in einer WG mit Gleichaltrigen, fragt sie. Ich weiß ein paar Leute, die bestimmt etwas für ihn auftreiben würden.

Für den Anfang sollte er erst mal bei dir sein. Karen klingt ungerührt. Dann können wir ja sehen. Du wohnst doch immer noch in deiner großen Wohnung, oder? Hek könnte für dich einkaufen gehen oder deine Fensterscharniere reparieren oder so was. Er kann jetzt gut mit den Händen arbeiten.

Er müsste aber trotzdem Miete zahlen.

Aber bitte einen Freundschaftspreis. Mein Lohn bei der Gemeinde ist nämlich nicht so doll, sagt Karen gespielt ergeben. In ihrer Härte und Beharrlichkeit ist ihre Stimme kaum gealtert. Niks erinnert sich an eine gemeinsame Wanderung im Mainauwald mit Karen und Nadine. Karen trug den Rucksack mit den Flaschen, mit Würsten, Brot, Kuchen und hartgekochten Eiern auf dem Rücken. Sie stolperte über eine Baumwurzel und landete bäuchlings im Farn. Nadine und Niks zogen sie hoch, wollten ihr den Rucksack von den Schultern nehmen, doch Karen wehrte sich. Es ist nichts, ist okay, gehen wir weiter. Sie stopfte sich das herausgerissene Hemd zurück in die Hose und ging vor den beiden anderen her, als wäre nichts passiert. Den Rest des Tages blieb sie stiller als sonst. Selbst der mitgebrachte Heidelbeerlikör, der Nadine und Niks schon nach wenigen Gläsern an den Rand der Geistlosigkeit gebracht hatte, schien bei ihr nicht anzuschlagen. Irgendwann fing Nadine an, Karen zu foppen. Niks war zu betrunken, um sich einzumischen. Sie saß auf ihrem Baumstumpf und hörte zu. Du Musterschülerin, sagte Nadine, gehst du zum Lachen eigentlich in den Keller? Hast du schon mal was Sinnloses getan, bloß weil es dir möglich ist? Du bist ja zerfressen von Ehrgeiz. Ich wette, du kannst das Wort Freude nicht mal buchstabieren. Soll ich es für dich tun? F-R-E-U-D …

Irgendwann stand Karen dann auf, packte Essensreste, Schnapsflasche, Gläser und Geschirr wortlos in ihren Rucksack und ging davon, ohne sich noch einmal umzudrehen. Am nächsten Tag kam sie mit einem Leistenriss ins Krankenhaus. Eine Woche später gab Nadine ihr Volontariat vorzeitig auf, Niks hat nie erfahren, warum. Und Karen übernahm die freigewordene Stelle.

Am Mittwochnachmittag also will sie ihren Sohn zu Niks bringen.

WOLLMATINGEN

Am Abend veranstaltet der Naturschutzbund sein Herbstgrillfest. Die Fluss-Seeschwalben haben die installierten Brutflöße dieses Jahr gut angenommen, das feiert man mit einem Freudenfeuer, Stockbrot und Biowürstchen. Im Tipi gibt es Zwiebelkuchen und Apfelmost. Die Sonne verkriecht sich hinter roten Wolken, die ersten Fackeln brennen bereits, und Niks hüllt sich fester in ihren alten Wollponcho, der den Rauchgeruch früherer Feste in sich trägt. Alle um sie herum sind jünger als sie. Anfangs fühlte Niks sich fremd zwischen den engagierten Ehepaaren. Deren lebhafte Erzählungen von Sitzblockaden in Gorleben, am Frankfurter Flughafen oder im Wendland erinnerten Niks vor allem an die Glaszelle, in der sie Tag für Tag saß, um das Geschehene in trockene, verständliche Sätze zu packen.

Neben ihr sitzt Julia, eine schmale Ornithologin mit fünf Kindern und einem Mann, der sein halbes Leben auf der *Rainbow Warrior* verbracht hat. Heute kauert er vor dem Feuer und hält fünf Stockbrote in die Flammen. Julias Blick ist liebevoll-nachsichtig. Sie zieht eine Tupperdose aus ihrem Rucksack und bietet ihren zwei jüngsten Kindern Apfelstückchen daraus an. Nächstes Jahr könnten wir noch mehr Brutflöße bauen, sagt sie zu Niks. Herrmann wird das beantragen.

Als hätte Herrmann sie gehört, nimmt er die fünf Stöcke in die rechte Hand, dreht den Kopf und winkt mit der Linken. Dann wendet er sich wieder dem Feuer zu.

Ich hoffe, dass er dieses Jahr daheim bleibt, nickt Julia. Max ist in der vierten Klasse und wird sie nicht so leicht schaffen wie die zwei anderen. Es ist eine schwierige Zeit für ihn und für uns, und Herrmann muss mithelfen. Er hat eine Vollzeitstelle bei *Greenpeace* angeboten bekommen. Das Meiste wäre einfacher Redaktionskram, den er von daheim aus erledigen kann. Höchstens ein Mal in der Woche würde er nach Stuttgart fahren. Er wollte unbedingt fünf Kinder, also soll er sich auch Zeit für sie nehmen. Julias hageres Gesicht ist alltäglich, ein Gesicht, das sich in sprechende Quer- und Längsfalten legen lässt.

Klingt prima. Niks nimmt Herrmann zwei Stockbrote ab und reicht sie weiter. Julias jüngste Kinder Noah und Lena tauchen unter der Bierbank hervor und krähen lautstark nach Futter. Ungestüm schiebt sich Lena ein Brot in den Mund, verbrennt sich die Lippen. Das Brot fällt zu Boden.

Ruhig, Lena, ruhig. Julia hält ihre heulende Tochter mit der linken Hand auf der Sitzbank und kramt mit der Rechten in ihrer Handtasche aus Lastwagenplanen, um ein winziges, braunes Fläschchen hervorzuholen. Sie schraubt es auf, ohne die Linke zu Hilfe zu nehmen, und träufelt Lena ein paar Tropfen auf die verbrannte Stelle. Das Kind brüllt. Der Bruder steht dicht daneben und nagt gedankenvoll an seinem Brot. Schmeckt's, fragt Niks, doch Noah hat kein Interesse an ihr. Die Aufmerksamkeit, die seine Schwester erregt, scheint ihn zu ärgern. Lena tut der ganze Mund weh, und ihre Mutter redet beschwichtigend auf sie ein. *Greenpeace*-Herrmann kauert mit den verbliebenen Stockbroten vor dem Feuer, umringt von seinen drei Ältesten. Niks muss an ein Wolfsrudel denken, hochkonzentriert und gleichzeitig halb wahnsinnig vor Hunger. Doch als Herrmann vorsichtig über die Brote bläst und sie seinen Kindern überreicht, nehmen sie die Stöcke behutsam entgegen. Nacheinander fragen sie ihn, ob er auch mal beißen will, und jedes Mal nickt er und knabbert mit geschürzten Lippen ein kleines Stückchen ab. Dann essen die Kinder. Herrmann sieht ihnen zu. Im warmen Feuerschein wirken ihre Gesichter kupfern und schattig.

Wie wär's mal mit Glühmost?

Niks nimmt den angebotenen Becher dankbar entgegen; die Herbstkälte zieht ihr in die Finger und lässt sie taub werden, doch Julia schüttelt den Kopf. Nicht für mich.

Alex, der Zivi, hält sein Glühmosttablett hoch und erklärt Julia, dass es auch alkoholfreien Kinderpunsch gebe. Er zeigt mit ausgestrecktem Finger auf das fackelbeleuchtete Tipi. Dort drin haben sie einen Riesentopf voll.

Niks trinkt ein paar Schlucke Most und schlägt Noah und der tränenverschmierten Lena vor, für Mama Punsch zu holen. Sie steht auf, nimmt die klebrigen Pfoten der beiden Kinder links und rechts in ihre Hände, steuert auf das Tipi zu. An Fasching bin ich auch Indianer. Lena tapst vorsichtig durch den Rindenmulch vor dem Zelteingang.

Du bist gar kein richtiger Indianer. Noah stößt sie in die Seite. Indianer heulen nie.

Gar nicht. Die Kinder weinen auch manchmal. Die Indianer haben doch auch Kinder, oder? Lena sieht bittend zu Niks hoch. Klar, sagt Niks. Jedes Kind weint mal. Und Erwachsene auch.

Aber Mama weint nie. Lena geht durch den Zelteingang und bleibt stehen, überrascht von der Wärme und dem strahlenden Licht der Glühlampen, die von der Decke baumeln. Die schimpft bloß immer. Noah trampelt Lena unsanft in die Hacken. Geistesabwesend tritt Lena zurück und trifft Niks am Schienbein.

Seid doch vorsichtig. Niks legt Lena die Hand in den Nacken und schiebt sie weiter.

Hinter der Theke steht eine junge Frau in Haremshose und Wolljacke, die in einem großen, dampfenden Kessel rührt. Sie lächelt freundlich auffordernd. Hallo Niks, sagt sie. Hast du deine Enkel dabei? Das ist ja nett! Niks schüttelt den Kopf, während Lena und Noah lautstark protestieren. Die sind von Julia. Wir wollen drei Mal Kinderpunsch, nicht wahr?

Die junge Frau schöpft Punsch in drei Tonbecher und stellt sie auf ein Tablett. Niks bezahlt. Noah versucht, das Tablett mit beiden Händen anzuheben, dann verlässt ihn der Mut, und er setzt es wieder ab.

Ich trage es schon, sagt Niks beruhigend. Aber ihr müsst mir die Zeltklappe aufhalten. Danke schön.

Die junge Frau winkt ihnen mit dem Stiel ihres Schöpflöffels hinterher. Niks nimmt das Tablett, lässt sich von den Kindern aus dem Zelt lotsen und ist verwirrt von der Dunkelheit draußen. Das Feuer brennt noch, aber sein Schein dringt nur trübe in die Gesichter der im Kreis sitzenden Menschen. Niks blinzelt. Ihre Augen brauchen so lange, sich an Helligkeitsunterschiede zu gewöhnen. Lena zerrt ungeduldig an einem Zipfel ihres Ponchos, und Niks lässt sich mitziehen, unsicher, halb blind, immer darauf bedacht, das Tablett in der Waage zu halten. Als sie wieder sehen kann, merkt sie, dass sie Tränen in den Augen hat.

PARADIES

Grünflächen machen eine Menge Lärm. Um sieben Uhr morgens rücken Laubbläser an, Äste werden gekappt und die Rasenmäher verabschieden sich röhrend in den Winter. Niks fragt sich, warum man die gefallenen Blätter nicht einfach lassen kann, wo sie sind. Ein durchschnittlicher PKW-Motor bringt es im Wohngebiet vielleicht auf sechzig Dezibel. So ein Laubbläser dröhnt gut und gern das Doppelte. Die Männer in Orange unten auf der Straße halten ihre Schläuche in den Händen, tragen Gehörschutz und tun so, als ginge sie das alles gar nichts an. Sie sind beauftragt, welke Blätter vor sich herzutreiben.

Niks steht am offenen Schlafzimmerfenster. Sie würde am liebsten etwas werfen. Stattdessen geht sie nach unten, tritt auf einen der orangefarbenen Männer zu. Ein Außerirdischer. Er hat eine bedeutende Nase, lächelt sie an, schiebt sich den Gehörschutz in den Nacken und stellt sogar den Laubbläser ab.

Die Kastanien, sagt er ernst. Sind von Miniermotten befallen. Wenn wir das Laub nicht wegmachen, nisten die sich im Winter dort ein und nächstes Jahr werden es noch mehr. Niks ist verblüfft, wie logisch das klingt. Als wäre er eigens geschult, die Fragen lästiger Anwohner zu beantworten.

Diese Bäume werden jedes Jahr früher gelb. Wenn sie absterben und wir sie weghauen müssen, wäre Ihnen das auch nicht recht, oder? Niks ist uninformiert. Doch der Mann in Orange scheint es ihr nicht übelzunehmen. Er lächelt noch immer.

Sehen Sie. Er startet seinen Motorbläser neu. Damit Sie auch im nächsten Jahr noch Freude daran haben. Die letzten Worte versteht Niks kaum mehr. Der orangefarbene Mann deutet eine Verbeugung an, tritt einen Schritt zur Seite und widmet sich wieder seiner Arbeit. Es verschließt ihr den Mund. Im Lärm trudelnde Blätter setzen sich mitten auf der Straße zu einem langen Streifen ab. In ein paar Minuten wird das Räumfahrzeug kommen und sie holen.

Der Gedanke an Karen und ihren Sohn lastet auf ihr. Sie will ihren Alltag nicht aufgeben, so eintönig er auch sein mag. Vielleicht sollte sie sich einen Hund kaufen und sagen, sie habe es sich anders überlegt. Niks stellt sich den Hund vor, einen blitzgescheiten Jack-Russell-Terrier mit hoher Sprungkraft, der unermüdlich Bälle apportiert und nach Steinen taucht. Sie würde ihn Förster nennen und ihm ein grünes Lodenjäckchen kaufen. In seinen Barthaaren würde er die Jahreszeiten mit nach Hause bringen: getauten Schnee, Blüten und Pollen, Laubfetzen. Sein Schlafplatz wäre im Flur oder in der Küche, und wenn ein Fremder unangemeldet einträte, würde er bellen.

Doch dann denkt Niks an Häufchen und schwarze Plastiktüten und muss lachen. Es ist zu demütigend, öffentlich hinter einem Hund herzuräumen. Soll sie sich das antun, bloß um einen jungen Mann loszuwerden, der garantiert sehr bald eine eigene Bleibe finden wird? Vielleicht hat sie Glück, und er ist einer von denen, die sich tagein tagaus hinter ihren Rechner verkriechen. Denn was sollte sie mit ihm reden? Wird Karen erwarten, dass sie ihm abends etwas zu Essen macht? Niks genießt ihre einsamen Mahlzeiten, die sie manchmal direkt aus dem Topf isst, den Löffel in der einen und ein Buch in der anderen Hand. Gemeinsame Mahlzeiten mag sie nicht. Sich mit anderen zu unterhalten und dabei verschmierte Münder und verklebte Zähne zu sehen, hat ihr schon in jungen Jahren den Appetit geraubt. Auch sie selbst bietet keinen schönen Anblick mehr. Nach jedem Bissen muss sie ihre Zähne heimlich mit der Zunge überprüfen, das gebietet der Anstand.

Sie nimmt sich vor, den Jungen zur Selbstständigkeit zu ermuntern und ihm die Küche zu überlassen. Vorausgesetzt, er macht sie hinterher wieder sauber. Hektor. Von Achill getötet und drei Mal um die Stadt geschleift. Was für eine Grausamkeit!

Niks tritt in ihr Gästezimmer. Ein bordeauxfarbenes Ausziehsofa, weiße Wände, an den hohen Fenstern Gardinen mit winzigen Blumenmustern. Kein Teppich, nur ein lackierter Dielenfußboden. Ein Biedermeiersekretär, den Niks vor Jahren in einem Auktionshaus gefunden hat, und an dem sie ihre immer kümmerlicher werdende Briefpost erledigt. In einem Fach steht ein Portraitfoto ihrer Mutter, in einem anderen ein buntes Bild von Karen und Nadine, Arm in Arm vor der untergehenden Sonne, verwuschelte Haare, bis in die Spitzen erleuchtet. Zwei erwartungsvolle, junge Frauen, in deren Blicken die ersten Zweifel bereits aufscheinen. Ein Einundzwanzigjähriger würde in diesem Zimmer lächerlich wirken. Sie stellt sich ihn vor, wie er mit schweren Schritten über den Dielenboden geht, sich auf den zierlichen Holzstuhl wirft, dessen Sitzfläche Niks erst kürzlich mit einem blau-grauen Streifenstoff hat beziehen lassen. Wenn er nun aggressiv ist, Drogen nimmt, seine wodkaverschwitzten, lärmenden Kumpels nachts um drei mit auf die Bude nimmt und alles kaputt haut? Was dann? Karen wird ihren Sohn in Schutz nehmen und Niks vorwerfen, sie sei viel zu empfindlich, zu verschroben, zu allein.

In der Nacht wacht sie auf, weil ihr wieder einmal einfällt, wie alt sie ist, wie wenig Zeit ihr noch bleibt. Der Gedanke überfällt sie im Halbschlaf. Ein weiterer Tag will zornig von ihr wissen, warum sie ihn so vergeudet hat. Die Angst vor dem unbekannten, endgültigen Datum lässt sie nicht wieder einschlafen. Sie denkt an ihren Phantasiehund Förster und beneidet ihn um seine Ahnungslosigkeit. Hunde träumen nicht vom Tod. Hunde müssen sich auch keine Götter ausdenken. Ab und zu kommen Niks nächtliche Tränen, die stumm und unbemerkt in ihr Kopfkissen sickern. Ein ganzes Leben war sie allein, erst jetzt fühlt sie sich einsam. Falls sie demnächst sterben sollte, wird der junge Mann wenigstens den Bestatter rufen können. Sie lacht verhalten, mit Tränen im Mundwinkel, und schläft wieder ein.

Nun steht sie auf ihrem wettergeschützten Balkon und wartet auf Karen und deren Sohn. Feiner Nieselregen knistert auf den vertrockneten Kastanienblättern, die auf dem Holzrost liegen wie himmelwärts gekrümmte, gelbe Hände. Niks schließt die Balkontür, geht durch den Flur, rückt eine Blumenvase zurecht, schenkt sich ein Lächeln durch den Garderobenspiegel. Das Gästezimmer ist blitzsauber, gerade hat sie es noch einmal kontrolliert. Absurde Vorstellung, dass hier ein Einundzwanzigjähriger leben soll! Er wird laut auflachen und seiner Mutter hinter Niks' Rücken vielsagende Blicke zuwerfen. Karen wird wütend sein, sich aber beherrschen. Sie werden zusammen Kaffee trinken und den Kuchen essen, den Niks vorhin vom Bäcker geholt hat. Danach werden sie sich für immer voneinander verabschieden.

Es klingelt. Niks geht zur Tür, drückt auf den Summer und hört Stimmen. Die von Karen klingt ernst und bestimmt. Der Junge hat den weichen Ton junger Studenten, deren lässige Wortwahl von einer überkorrekten Aussprache konterkariert wird. Zwei Hände rutschen auf dem Treppengeländer hintereinander her nach oben. Niks sieht einen roten Ärmelaufschlag, Karens Hand. Die Finger des Jungen werden von einem schwarzen Bündchen fast verdeckt.

Dann steht Karen vor ihr. Ihr dunkles Haar zeigt graue Strähnen, um den Bauch ist sie etwas voller geworden, doch die gespannte Haltung ihrer schmalen Arme und Beine verrät die einstige Tänzerin.

Karen lächelt. Hallo Niks. Das ist mein Sohn Hektor.

Niks weiß nicht, ob sie erst Karen oder den Sohn umarmen soll. Herzlich willkommen, tretet ein. Sie drückt Karen ein ungeschicktes Küsschen auf die Backe. Über Karens

Schulter hinweg sieht sie dem Jungen ins Gesicht. Hektor, Sohn des Priamos. Der Trojaner. Ist das nicht eigentlich eine Kondom-Marke? Er hat strubbelige, hellblonde Haare, ungewöhnlich dunkle Augen und lächelt verlegen.

Hallo, Hektor, sagt Niks. Wie schön, Sie zu sehen.

Es folgt ein längeres Trara um die Aufbewahrung von Karens rotem Mantel. Der Nieselregen hat Mutter und Sohn völlig überrascht, und Karen befürchtet, das Mantelfutter könne einlaufen, wenn man es nicht sofort ins Warme bringt. Niks holt einen breiten Kaufhausbügel, um den Mantel im Bad aufzuhängen.

Ist es auch warm genug da drin, ruft Karen. Ich weiß doch, wie spartanisch du lebst. Aber wenn Hektor jetzt hier ist, wirst du hoffentlich nicht an der Heizung sparen.

Kopfschüttelnd hängt Niks den Mantel über den Bügel. Dem Jungen ist das alles deutlich peinlich. Er zerrt am Bündchenärmel seines feuchten Parkas.

Sie können ihn dort an die Garderobe tun. Niks zeigt auf einen Haken.

Die beiden sind mit leeren Händen gekommen; Hektors Gepäck liegt vermutlich noch im Auto.

Aufmerksam sieht sich Karen in der Wohnung um. Du hast ja ein modernes Wohnzimmersofa. Schön, wenn keine Kinder da sind. Die würden so einen weißen Bezug ganz schnell dreckig machen.

Ich bin mir sicher, Hektor macht keine Bezüge mehr dreckig, sagt Niks.

Karen wirft ihr einen todernsten Blick zu, während der Junge einen verklemmten Gluckser ausstößt und sich die schwarze Kapuze über den Kopf zieht. Ha ha, sagt Karen. Dein Humor war früher mal besser.

Niks möchte Karen missverstehen und nickt. Du hast recht. Früher war so vieles besser. Erinnerst du dich noch an unsere schönen Spaziergänge am See und im Mainauwald? Wie still es damals noch war. Heute haben sie überall diese Laubbläser.

Aus dem Gluckser des Jungen ist ein unwilliges Schnaufen geworden. Früher, früher, murrt er unter seiner Kapuze hervor, dann attackiert er seine Mutter: Wenn man euch zuhört, glaubt man, früher war das reinste Paradies. Die Sätze kommen stoßweise wie angestrengter Atem.

Karen legt ihm entschuldigend den Arm um die Schulter. Hek ist manchmal sehr emotional, das hat er von mir. Auf dem Land musste ich ihn jedes Wochenende besuchen. Und jetzt steht er davor, das Nest endgültig zu verlassen. Das ist schwer für uns beide, nicht wahr, Hekie?

Mit zuckenden Achseln duckt sich der junge Mann unter ihrer Umarmung weg. Karen bleibt allein stehen und fragt: Und? Was meinst du?

Niks sieht zu dem Jungen. Das müsst ihr entscheiden.

Er lächelt sie zum ersten Mal an. Er hat verstanden. Doch Karen lässt sich das Gespräch nicht entgleiten. Ich muss gar nichts entscheiden. Ich war von Anfang an dafür.

Niks legt sich einen Finger über die Lippen und sieht Hektor an.

Der Junge schiebt sich die Kapuze in den Nacken. Mal sehen, sagt er.

Hek, mahnt Karen. Weißt du eigentlich, wie viel die Zimmer in Konstanz kosten? Mit deinem Volontärssalär wirst du da nicht weit kommen.

Der junge Mann erstarrt, ihm stehen verstohlene Tränen in den Augen.

Niks hält es für das Beste, Karen nachzugeben. Nach drei, vier Wochen wird sie Hektor ein günstiges Zimmer zur Zwischenmiete suchen und ihm die langersehnte Freiheit schenken.

Sie sind hier jederzeit willkommen, Hektor. In der Hoffnung, dass er sie auch zum zweiten Mal versteht, zwinkert Niks ihm verstohlen zu.

Ich hätte Lust auf eine Tasse Kaffee, sagt Karen. Wir haben selbstgebackenen Kuchen mitgebracht.

Hektor sitzt im Gästezimmer auf dem Ausziehsofa und studiert den grauen Novemberhimmel. Da gibt es überhaupt nichts zu sehen, nur gelbe Linden und Hausfassaden in Gelb und Dunkelrot mit hellgrauen Einfassungen. Seine Mutter ist vor einer halben Stunde abgefahren, mitsamt ihren Vorschlägen und Anweisungen. Sie hat die beiden gedrängt, einander zu duzen und sie dann sich selbst überlassen. Auf welche Weise aber soll man einen einundzwanzigjährigen Jungen ansprechen, der sein ganzes Leben abwechselnd verhätschelt und herumkommandiert worden ist? Niks beschließt, den träumenden Hektor mit dem neugewählten Du und einer Schockfrage aus seiner Starre zu reißen.

Wie viele Mädels pro Nacht willst du denn mitbringen?

Er wendet sich langsamer um, als sie erwartet hat. In seinem lethargischen Blick glaubt sie, sich selbst zu erkennen: eine nutzlose, einsame, alte Frau, voller Neid auf die vielfältigen Vergnügungen der Jugend. Hektors Antwort ist leise und zögernd. Er hebt die Schultern. Seine braunen Augen liegen dunkel in seinem dämmerigen Gesicht. Niks schaltet die Lampe ein. Er blinzelt in das unangenehm grünliche Zwielicht der warm werdenden Energiesparbirne.

Sie wollen ... du willst mich nicht hier haben, stellt Hektor fest. Das Licht überzeichnet seine blonden Haare so grell, als gehörten sie nicht zu ihm. Seine Schultern sind breit wie die eines Surfers oder Landarbeiters, sein dunkler Pullover ist großmaschig und zu einem dünnen Netz auseinandergezerrt; darunter entdeckt Niks ein helles T-Shirt, das lange Ärmel haben muss, sonst wäre ihm doch viel zu kalt. Nichts an ihm erinnert sie mehr an Karen; die unausgefüllte Stille ist der einzige Beweis, dass Karen eben noch hier war.

Hektor wendet den Blick wieder zum Fenster. Er wirkt viel gelassener, wenn Karen nicht dabei ist. Als wäre es ihm piepegal, was Niks von ihm hält. Niks kennt die jungen Leute, die sich Zeit lassen beim Reden. Aus deren Pausen keine Furcht spricht. Die sich phlegmatisch immer wieder korrigieren, bis sie ihren Gedanken korrekt formuliert haben. Unbeirrt gehen sie davon aus, dass man ihnen bis zum Ende zuhört.

Ich werd bestimmt bald etwas anderes finden. Hektor fährt sich mit den Fingern durch die Haare. Er stützt die Ellenbogen auf die Knie, sein Kinn in die Hände und starrt auf die dämmrigen Lindenwipfel, die im Lampenschein zu dunklen, spitz zulaufenden Silhouetten geworden sind..

Du kannst hier bleiben, solange du möchtest, sagt Niks.

Vielen Dank. Hektor richtet sich auf. Es ist nur …

Bitte?

Hektor lächelt. Ich muss morgen früh aufstehen. Kann ich zuerst ins Bad?

Ulla ist in Tränen aufgelöst. Ihre Stirn lehnt an Niks Schulter, sie heult wie eine Katze im Sack. Niks atmet mit Ullas Schluchzern mit, tätschelt Ullas Schulter. Ihr Pulli ist vorne schon ganz durchweicht, und sie versteht nicht, was Ulla ihr sagen will. Ulla atmet Schleim und Pulloverstoff ein, ihre Äußerungen sind dumpf und unerfreulich.

Alte Leute sollten sich nicht so gehen lassen, findet Niks, das ist im wahrsten Sinne des Wortes überflüssig.

Was los sei, fragt sie.

Ulla legt den Kopf zurück und zeigt rotgeränderte, wässrige Augen. Mein Sohn. Er wird heiraten.

Ullas Sohn geht auf die Vierzig zu, ganz in Grau und zuverlässig. Sein Haaransatz hat sich bereits vor Jahren Richtung Tal verschoben. Niks hat es nicht für möglich gehalten, dass er jemals heiratet. Dabei ist er nett. Er sammelt alte Feuerwehrhüte und zur fünften Jahreszeit probiert er sie aus.

Die Schlampe kennt ihn noch nicht mal ein halbes Jahr, und jetzt ist sie schwanger von ihm, schluchzt Ulla.

Niks zupft an den feuchten Stellen ihres Pullovers. Das müsste dir doch bekannt vorkommen. Außerdem wünschst du dir einen Enkel.

Ulla schüttelt den Kopf. Meine Töchter sind beide Mitte dreißig und wissen genau, in welcher Welt sie leben. Da kann ich mich auf sie verlassen. Susi hat ihren Produktdesigner, und Gabi arbeitet bei der Deutschen Bank. Sie haben genügend Geld, Erfahrung und tickende biologische Uhren. Was passiert also?

Niks hebt beide Hände und mimt trockene Ratlosigkeit.

Gar nichts passiert, fährt Ulla fort. Die beiden sind völlig ausgereift. Ich hab keine Ahnung, worauf sie warten. Stattdessen ausgerechnet Peter.

Womöglich ist es seine letzte Chance, erwachsen zu werden.

Das sagst ausgerechnet du, kreischt Ulla.

Niks fürchtet, Ulla könnte sie wie früher an den Haaren ziehen. Was hast denn du der Welt gegeben? Kein Kind, keine Familie, keine Wärme, nichts, das bleibt und weitergeht. Und da erlaubst du dir, über meinen Sohn zu urteilen!

Niks schenkt Kräutertee nach, gönnt sich ein Plunderteilchen mit Sahnekringel obendrauf. Der Sohn von Karen wird für eine Weile bei mir wohnen. Sie hofft, Ulla mit diesen Worten aus ihrer ichbezogenen Trübsal herauszureißen, doch Ulla hört nicht. Niks mustert Ullas Säulenkörper, das verschwindende Kinn, die wässrigen Beine, die sie unter weinroten Samthosen versteckt hält. Die frühere Ulla hatte fliegende, seidige Haare; sie ging mit drahtiger Anmut ihres Weges, und die dunklen Ringe unter ihren Augen schienen gewollt, als Spiegelung ihrer immerschwarzen Klamotten, die ihren Blick noch intensiver machte. Es ist anstrengend, einen Menschen lange zu kennen. Die Erinnerung verwandelt Ullas Anblick in ein Kippbild der Vergänglichkeit.

Was ist dein Problem?

Mein Problem? Ulla streicht sich sichtbar angewidert über ihre künstlichen, grauen Locken. Mein Sohn ist viel zu gutmütig. Das hat er von mir. Und jetzt kommt diese … diese …

Frau, sagt Niks.

Meinetwegen. Ich hatte ein anderes Schimpfwort im Sinn. Auf jeden Fall ist sie nicht in der Lage, selbst für ihren Lebensunterhalt zu sorgen. Sie hält sich für eine Künstlerin, dabei ist sie bloß faul. Und Peter soll es ihr richten, damit sie nie wieder arbeiten muss.

Dafür bekommt sie sein Kind. Das ist der Deal.

Was heißt schon Deal! Du hast so eine mechanistische Ansicht von der Liebe. Hier geht es um Schöpfung. Ulla hustet und putzt sich lautstark die Nase. Niks muss schmunzeln. Auf ihre alten Tage ist Ulla ungemütlich fromm geworden. Nicht schlecht für eine Frau, die über den Tod von Andreas Baader einst bittere Tränen vergoss, weil sie keinen Himmel für ihn wusste.

Das Kind wird dich sicher mögen, beruhigt Niks.

In vielen Filmen und Theaterstücken gehört Bewegung zum Charakter. Menschen rennen oder klettern in unpassender Kluft. Entführte Jungfrauen krabbeln im zerrissenen Hochzeitskleid Mauern hoch. Anwälte, von Gangstern verfolgt, springen im Smoking von einem Hausdach zum nächsten. Romantiker tragen Blumensträuße, lassen sich vom Regen durchnässen und laufen dem nächstbesten Taxi nach, um die verpasste Liebe doch noch einzuholen. Der Blick des Zuschauers landet auf muskulösen Waden unter flatterndem Rocksaum, auf der anmutigen Kurve, die ein Körper beschreibt, wenn er fast aus der Bahn fliegt, auf schlenkernden Armen und wippenden Haaren: winzige Ausschnitte, wie von Blitzlicht gemalt, kürzer und eindringlicher als die träge Wirklichkeit. In Ullas Gesicht schienen die Gefühle einst ineinanderzufließen, beim Reden lief ihre lebhafte Gestik den Betonungen ihrer Stimme entgegen, was einen erst recht dazu brachte, ihr zuzuhören. Ihr Gang war orthopädisch korrekt, er machte sie schnell. Niks erinnert sich, wie sie vor Ulla davonlief. Sie hatte versprochen, nach der Vorlesung am Haupteingang der Universität auf sie zu warten. Doch als sie Ulla männerumringt auf sich zukommen sah, in ihrer Alltagstracht aus reichem Haar und schwarzen, zipfeligen Klamotten, mit ihrer Ledertasche unter dem Arm und dem freien Lachen, das sich hell über die anderen Stimmen erhob, hielt es Niks nicht länger aus. Sie wandte sich ab, stieß so heftig gegen die Drehtür, dass sie davon auf die Straße katapultiert wurde, stürzte beinah, fand ihr Gleichgewicht wieder und rannte in Richtung Parkplatz, bis ihr die Kehle brannte. Doch Ulla hatte keine Mühe, sie einzuholen. An der Schranke packte sie Niks am Kragen und brachte sie unsanft zum Stehen. Sie flocht ihre Finger durch Niks' Haare und zerrte sie zurück.

Was soll das? Willst du mich hier vor allen Leuten lächerlich machen?

Niks gab keine Antwort. Der Schmerz auf ihrer Kopfhaut erinnerte sie an Ohrfeigen und ausgerissene Strähnen und trieb ihr demütigendes Wasser in die Augen.

Ich hab drei Verabredungen abgesagt, nur damit ich mit dir einen Kaffee trinken kann, und jetzt rennst du vor mir davon. Bist du verrückt?

Niks hob die Hand und versuchte, Ullas Finger aus ihren Haaren zu lösen. Sie sah Wasser auf Ullas Jacke tropfen. Einen Moment stand es glänzend auf dem schwarzen Stoff, dann sickerte es weg. Ich muss heim, sagte Niks. Es geht mir nicht gut.

Sofort nahm Ulla ihre Finger zurück. Ihr Zorn schlug in neugierige Besorgnis um. Was ist los? Bist du krank? Niks schüttelte den Kopf und schämte sich. Ihre Mutter hatte ihr früher verboten, Blessuren oder Unwohlsein vorzutäuschen. Nein, mir fehlt nichts. Ich möchte nur allein sein.

Nichts hinderte Niks am Gehen. Ihre Haare waren längst wieder frei.

Ulla zuckte mit den Achseln. Wie du willst.

Im Schutz des Kollektivs durfte man neugierig aufeinander sein, der Einzelne war austauschbar. Wie leicht würde Ulla eine neue Freundin finden. Sie wandte sich zum Gehen, überzeugt, Niks würde ihr folgen. Sie machte große, lässige Schritte. Niks erwartete, hinter ihr immer kleiner zu werden. Ullas Haare wehten, ihre Rockfransen schmiegten sich an ihre schwarzen Beine und rissen sich wieder los. Ein verlängerter Schritt brachte sie auf die Straße. Da kam auch schon der Bus, der zur Haltestelle abbremste; er traf Ulla von der Seite. Sie wurde zu Boden geschleudert und blieb auf dem Gesicht liegen.

Seerhein

Im November taucht Niks nicht mehr ganz unter. Stattdessen geht sie Schritt für Schritt ins Wasser und betrachtet die klaren Kiesel zu ihren Füßen. Herbstwinde haben den See umgewühlt und Kälte aus tiefen Regionen nach oben geschaufelt. Fluss-Seeschwalben lassen sich keine mehr blicken.

Dafür sind neue Enten da. Die schwarz-weißen mit den gelben Augen, den blauen, plumpen Schnäbeln und dem Schopf am Hinterkopf findet Niks besonders hübsch. Sie liegen wie platte Melonenkerne im Wasser und kommen ihr nicht zu nahe. Braune Stockenten sammeln sich zu winterlichen Pulks. Im Sommer watscheln sie den Menschen zwischen den Füßen herum. Jetzt reicht ein unbedachter Schritt, um die gesamte Vogelschar panisch auffliegen zu lassen.

Schon nach wenigen Schwimmzügen kriecht Niks die Kälte in Finger und Zehen. Am ausgetrockneten Ufersaum ist ein Radler unterwegs. Er versucht vergeblich, mit seinem Fahrrad auf die Quaimauer zu springen. Er trägt einen Helm, dazu Knie- und Ellenbogenschoner. Auf seinem leuchtend roten Hemd stehen Buchstaben, die Niks nicht lesen kann. Die letzten beiden Züge sind ihr beinah zu viel. Sie steigt aus dem hüfttiefen Wasser und schüttelt die Arme. Diesmal schafft es der Fahrradfahrer fast auf die Mauer, doch im letzten Moment rollt er wieder zurück. Niks greift zum Handtuch, das sie ordentlich über ihre Klamotten gebreitet hat.

Der Radler dreht den Kopf und lächelt sie an. Ganz schön kalt, oder? Vor dem grauen Himmel wirkt das Rot seines Trikots fast unverschämt.

Niks lächelt zurück, wickelt sich das Handtuch um die Hüften und steigt aus dem Badeanzug.

Wie viel Grad das Wasser denn habe, fragt er. Unterm Helm ringelt sich eine dunkle Locke über seine blasse Stirn. Er trägt eine schmale, viereckige Brille.

Als sie in ihre Fleecejacke schlüpft, bekommt Niks eine Gänsehaut. Sie nickt dem Radler zu. Vielleicht zehn oder elf, ich weiß es gar nicht so genau.

Und das machen Sie den ganzen Winter über? Seine Haltung verrät Bewunderung. Niks bleibt auf einem Bein stehen, fädelt das andere durch die Hose. Sie verliert die Balance, obwohl sie sich an der Mauer abstützt.

Vorsicht! Auf diesen Steinen kann man sich ganz leicht den Fuß verdrehen.

Dass er ihr Ratschläge gibt, betrübt Niks. Womöglich wirkt sie gebrechlicher als sie sich fühlt. Letztes Jahr war ich sogar im Januar schwimmen!

Ach wirklich! Auf einmal klingt er ironisch, und Niks ärgert sich über sich selbst. Na, dann bleiben Sie vorsichtig! Er schwingt sich auf sein Fahrrad, nimmt ein paar Meter Anlauf und springt die Mauer hoch. Diesmal klappt es. Zum Abschied hebt er grüßend die Hand. Niks hört das Knallen breiter Fahrradreifen auf fliegendem Kies, dann ist alles still. Nicht mal die Enten haben sich von ihm stören lassen.

Hektor ist nicht zu Hause. Die Tür zu seinem Zimmer ist geschlossen. Vorsichtig drückt Niks die Klinke nach unten und schiebt ihren Kopf durch den Türspalt. Die Vorhänge sind teilweise zugezogen, das Bettsofa ausgeklappt, ein Berg Wäsche liegt darauf, und am Boden wartet ein zerknäultes, gelbes T-Shirt mit der Aufschrift *Linkin Park*. Auf dem Sekretär liegt Hektors schwarzes Notebook mit erwartungsvoll hochgeklapptem Bildschirm.

Niks öffnet die Tür ganz und geht leise ins Zimmer. Macht die Fußsohlen rund wie eine Einbrecherin, um keine Diele zum Knarren zu bringen. Vergeblich. Als sie sich auf das ungemachte Ausziehsofa setzt, quietschen Metallstangen. Der Duft im Zimmer hat sich verändert. Den ganzen Sommer über roch es sanft nach den Lavendelblüten in den Kräutertöpfen auf dem Fenstersims. Nun liegt ein Hauch After Shave in der Luft, unterlegt von einem fremden, dumpfen Geruch, den Niks mit dem Kupfer-Geschmack alter Pfennigstücke assoziiert. Dem Schweiß schlafloser Nächte. Löwenkäfigen. Als hätte sich in ihrer Wohnung ein wildes Tier verfangen, um männliche Artgenossen zu vertreiben. Ein Fellträger, ein Trojaner. Doch Niks ist kein männlicher Artgenosse. Sie nimmt das T-Shirt vom Boden und vergräbt ihr Gesicht darin. Der Stoff ist wider Erwarten weich und frisch. Als käme er direkt von Mamas Bügelbrett.

Niks friert, ihre Fingerspitzen haben sich nach dem Bad im Fluss noch nicht wieder aufgewärmt. Das silbrige Sonnenlicht verliert sich im Knäuel der Bettwäsche und malt einen diffusen Streifen über den Dielenboden. Wie schön wäre es, nicht alleine da zu sitzen, wenn das Silberlicht zackig über die Kassettentür läuft. Wenn die pechschwarzen Lindensilhouetten ihre letzten, gelben Blätter vor einen farblosen Himmel halten. Wenn Kleiber und Kohlmeisen im Blutahorn herumpicken und nach etwas suchen, das sie den Winter überstehen lässt.

Der Optimismus dieser Vögel kommt Niks lächerlich vor. Was haben sie davon, am Leben zu bleiben? Das bisschen Fressen und Fortpflanzung, ist es die Anstrengung wert?

Sie hört Schritte im Hausflur. Zeit, aufzustehen und das Zimmer zu verlassen. In die Küche gehen. Mal wieder ein Buch lesen, *Es geht uns gut*, von Arno Geiger. Niks ist beeindruckt von der Entschiedenheit dieses Titels. Früher las sie gerne Krimis. Heute mag sie Bücher, deren Handlung im Unbestimmten landet. Scharf umrissene Charaktere wurden unwichtiger zugunsten flüchtiger, kaum festzuhaltender Eindrücke: Annäherungen an die Realität, die nie zu Ende gehen.

Kurz nach Niks' fünfzigstem Geburtstag setzten die Wechseljahre ein; so harsch und gleichzeitig so unwirklich, dass Niks das Gefühl hatte, in einen Traum geraten zu sein. Dabei litt sie nicht einmal unter Depressionen. Es war eher das Gefühl einer ersten Loslösung vom eigenen Körper; eine Ahnung, wie es sein würde, komplett die Kontrolle über ihn zu verlieren. Nie hätte sie geahnt, dass man sogar an den Augenlidern schwitzen kann! Ihre Unterhosen klebten und bekamen ständig Löcher unterm Gummibund, weil sie zu hastig daran zerrte. Nachts wachte sie auf, ergab sich der Hitze, drehte ihre Bettdecke auf die kühlere Seite, um gleich darauf wieder einzuschlafen.

Da hast du aber Glück, sagte Ulla, die vom stundenlangen Wachsein berichtete, von Kamillentee und dösigem Betrachten alter Schwarzweißfilme.

Nein, mit dem Schlafen hatte Niks keine Probleme. Schlimmer waren die unbestimmten Schmerzen. Sie sprangen von Gelenk zu Gelenk und schienen eine trostlose Zukunft zu verheißen. Manchmal betrachtete Niks ihre Hände, deren Fingerknöchel etwas dicker geworden waren. Ringe ließen sich schwerer darüber streifen als früher. Manchmal pochte und knackte es, als hätte sich ein fremdes Wesen in ihren Gelenken eingenistet und wollte nun raus. Sie würde sich daran gewöhnen müssen, ihren Körper anderen zu überantworten: Ärzten, Pflegern, Physiotherapeuten. Ein schrittweises Zurücktreten vom eigenen Ich. Wenn sie daran dachte, war sie überrascht von ihrer eigenen Gelassenheit.

Der Trojaner stellt keinerlei Ansprüche an ihre Kochkünste. Mittags isst er in der Senderkantine und abends schmiert er sich ein Brot. Meist kommt er spät nach Hause. Niks kennt das: Volontäre müssen oft bis zum Abend warten, bis ein Arbeitsplatz frei wird. Der tägliche Verdrängungskampf ist nicht jedermanns Sache. Niks hat Praktikanten erlebt, die nach der ersten Woche heulend abbrachen. Die Unauffälligen leiden am meisten: diejenigen, die für jeden Satz zu lange brauchen, weil das Augenzwinkern, das sie vermitteln wollen, so schwer in Worte zu fassen ist.

Hektor hält sich gut. Sein erster Kurzbericht über die Protestaktion einer regionalen Lokführergewerkschaft wurde vor drei Tagen gesendet. Niks und Hektor saßen im Wohnzimmer, teilten sich eine Piccoloflasche *Freixenet* und prosteten einander zu, als der Beitrag anmoderiert wurde. Hektors Sätze sind kurz und griffig, seine Radiostimme klingt nasal, durch die Studiotechnik verfremdet. In ihr liegt die unbewusste Eile eines Menschen, der nie zuvor einen Text ins Mikrophon gelesen hat. Er macht noch Fehler, betont Verben, erliegt der süddeutschen Zickzackintonation, die sich zum Satzende hin absenkt. Sein R rutscht zu weit nach hinten, sein aspiriertes S ist zu scharf. Aber er hat Talent.

Niks' Reaktion enttäuschte ihn. Ich dachte, es wär ganz gut. Der CvD hat es gleich abgenommen.

Es ist dein erster Beitrag, beruhigte Niks. Die meisten Volontäre dürfen ihre Sachen anfangs nicht mal selbst sprechen.

Er hätte sich das nie zugetraut. Dass seine Stimme so voll klingen würde. Dass er in der Lage wäre, das Schnittprogramm zu bedienen. Dass er die Struktur eines Beitrages so schnell erfassen und beim Interview mit aufgeregten Gewerkschaftlern kühlen Kopf behalten würde.

Du stehst ja erst am Anfang. Niks wollte ihm keine Komplimente machen, die sie nicht ernst meinte.

Heute ist Hektor früh zurück. Er hat sich mit zwei anderen Praktikanten im *Hallmayer* verabredet: gutes, marokkanisches Essen, dazu Bier aus der lokalen Brauerei und Cocktails mit verwegenen Namen wie »Sex im Kuhstall«, »Blond auf Braun« oder »Abspritzer«. Niks hat keine Ahnung, wen so was amüsiert. Die Cocktails sind ebenso kräftig wie das Essen und sollten nicht mehrfach konsumiert werden. Zumindest nicht an einem Abend, warnt sie Hektor. Er steht im Badezimmer und riecht nach After-Shave. Er ist aufgeregt, freundlich, voller

Wärme. In seiner Vorfreude umarmt er Niks kurz und erzählt ihr von seinen Kollegen. Von Myra aus Annaberg-Buchholz, die nach dem Studium einen Verlag für ostdeutsche Frauenliteratur gründen will. Von Dierk, dem Intellektuellen, der Theaterautor werden möchte. Für Niks klingen die beiden wie typische Radiopraktikanten mit hochfliegenden Plänen, bereit, die Welt zu verändern, voller Vertrauen in die eigenen Fähigkeiten. Zehn, fünfzehn Jahre später werden sie sich wohl ein Häuschen kaufen, eine Familie gründen und alltäglichen Jobs nachgehen. Niks findet es schwierig, den Enthusiasmus aufzubringen, den der Trojaner offenbar für angemessen hält.

Plötzlich hält er inne. Ich finde, du solltest mitkommen.

Niks ist verblüfft. Wärst du nicht lieber allein mit deinen Kollegen?

Ich habe ihnen von dir erzählt. Hektor hebt die Schultern. An der Pinnwand im Nachrichtenstudio hängt ein Bild von dir.

Das freut sie. Es ist fast ein Jahr her, seit sie das letzte Mal ein Mikrophon in der Hand hatte.

Alle sagen, du wärst ein Vollprofi. Dierk und Myra würden sich freuen, dich kennen zu lernen. Im grellen Licht der Badezimmerleuchte wirken Hektors Haare wie frische Silberspäne. Zur Feier des Abends hat er seinen Kapuzenpulli abgelegt und sich in ein frisch gebügeltes, bordeauxrotes Hemd geworfen, das eng über seinen schmalen Hüften sitzt und nicht in die Hose gesteckt werden muss. Auf seinen glatten Handrücken laufen dicke Aderstränge y-förmig zusammen. Seine Schuhe stehen erwartungsvoll glänzend neben der Einangstür. Er hat sie geputzt, als gäbe es nichts Wichtigeres.

Niks zeigt auf ihren schmuddeligen, weißen Fleecepulli. So kann ich nicht mit. Ich muss mich erst umziehen und mir die Wimpern tuschen, sonst traue ich mich neben deinen sauberen Schuhen gar nicht auf die Straße.

Hektor murmelt charmante Worte, die Niks nur teilweise versteht. Jetzt gibt sie sich Mühe vor dem Badezimmerspiegel, ihre faltigen Augenlider hinter dichten, dunklen Wimpern verschwinden zu lassen. Sonst trägt sie kein Make-up, hat sie nie. Sie fährt sich mit dem Kamm durch ihre hellen Haare mit den silbernen Strähnen darin, zieht sich ihre schwarze Kaschmir-Strickjacke mit hohem Kragen über, den sie vor einiger Zeit in einer teuren Boutique erstanden hat, steigt in Jeans und flache Wildlederschuhe.

Hektor sagt nichts, als sie mit ihm vors Haus tritt. Dafür hakt er sich entschlossen bei ihr unter und zieht sie mit sich.

BAHNHOFSTRASSE

Das *Hallmayer* entlässt ein trunkenes Gästegrüppchen auf abgewetzte, kaugummiverklebte Eingangsstufen. Ein junger Mann mit breitem, schwarzem Hut und Frackschößen klammert sich ans Treppengeländer. Drei knapp volljährige Frauen mit schwingenden Handtäschchen und Stiefeln bis zu den Oberschenkeln kreischen ihm ermutigend zu.

Alter, brüllt die Hübscheste der drei. Du wolltest uns doch nach Hause fahren!

Die Kleinste hat dunkle Haare, die zu einem Extrembob mit ausrasiertem Nacken geschnitten sind. Unter ihrer offenen Jacke sieht Niks die Knöpfe ihrer Bluse, die den Stoff nur knapp zusammenhalten. Mit jedem Atemzug öffnen und schließen sich die Knopflöcher über heller Haut. Da sieht man, was es heißt, wenn Männer was versprechen, schreit sie und lacht hemmungslos, dann drischt sie mit dem Handtäschchen auf den Mann ein, bis ihm der Hut vom Kopf fällt. Es ist zum Kotzen.

41

Das lässt sich der junge Mann nicht zweimal sagen und reihert seinem Hut hinterher übers Treppengeländer.

Passt doch auf! Das ist die Dritte im Bunde, eine mollige Brünette mit weichen Haaren und einem klaren Kindsgesicht. Sie kann den Hut gerade noch retten, bevor der nächste Schwall ankommt. Ich hab schon vor einer Stunde gesagt, wir sollen gehen, aber ihr wolltet ja nicht, und jetzt könnt ihr das Taxi bezahlen, ich hab keinen Bock!

Jetzt komm wieder runter. Die Hübsche ist ungerührt. Ich hab eh kein Geld, und der da schon gar nicht.

Daraufhin wildes Gezeter. Hektor legt seine Hand auf Niks' Rücken und schiebt sie peinlich berührt die Treppe hinauf. Der junge Mann hat sich wieder aufgerichtet und brüllt Niks und Hektor eine Unfreundlichkeit hinterher, als die beiden durch die bunt bemalte Eingangstür treten. Niks erwartet bläuliche Schwaden und verzerrte Rockmusik. Zu ihrer Überraschung vernimmt sie sparsam akzentuierte Jazzklänge, so gedämpft, dass sie Hektor versteht, ohne dass er sie anschreien muss. Ich bin gleich wieder da!

Im Licht hunderter Kerzen entdeckt Niks keinen einzigen Stuhl. Die Gäste, mindestens drei Jahrzehnte jünger als sie selbst, essen und trinken an hohen Tischen. Sie kommt sich lächerlich, alt und aufgeputzt vor. Das Stehen fällt ihr auf einmal schwer.

Da kommt Hektor wieder, mit schief sitzender Jacke und aufgeregten Händen. Er deutet auf eine der hinteren Ecken. Niks muss ihm durch den langen Raum hinterherlaufen. Vorbei an den Stehtischen und jungen Schnöseln, die geziert den Kopf in den Nacken legen, um ihr Bier aus der Flasche zu trinken. An den flachen, harten Blicken glitzernder, junger Trägertop-Frauen, die sich immer noch »Aperol Sprizz« bestellen, obwohl draußen schon November ist. Die Frauen halbnackt, die Jungs hemdsärmelig oder im T-Shirt. Einige

Mädels haben haubenartige Wollmützen auf, die nach hinten fallen und ihre runden Schultern berühren. Hektor ist schon hinten in der Ecke, bei Dierk, dem angehenden Theater-Autor, und Myra aus Annaberg-Buchholz. Niks weiß nicht, was sie erwarten soll: einen kleinen Glattgescheitelten mit Brille und Rollkragenpullover und eine schlagfertige Ostdeutsche mit kurzen Haaren und putzigen, braunen Kulleraugen?

Die beiden jungen Leute, die hinter dem unbequemen Stehtisch lehnen und ihr lethargisch Grußhände entgegenstrecken, wirken fremd auf Niks. Die Frau ist langgliedrig und gardemäßig groß. Blauschwarz getönte, lange Haare, helle Augen, Gesicht wie aus einem Hochglanzmagazin. Keine Regung der Miene, ihre Lippen wirken ebenso schlaff wie ihre kalten Finger, die Niks nun zwischen ihre eigenen Hände nimmt.

Das ist Myra, stellt Hektor vor. Und das ist Niks. Sie passt auf mich auf. Der atemlose Aufwärtsschwung seiner Stimme verrät ihn unerbittlich. Hektor ist verliebt, vielleicht zum ersten Mal in seinem Leben.

Freut mich, sagt Myra weich. Ich kenne Sie vom Foto in unserem Studio. Es beobachtet mich jeden Tag, wenn ich die Nachrichten lese.

Sie haben ja so gar kein Radiogesicht, erwidert Niks.

Die Augen der jungen Frau werden wachsam, dann lacht sie. Niks muss ihre Finger loslassen und die Hand des Mannes ergreifen. Er ist ebenfalls groß, breitschultrig, und bei näherem Hinsehen wirkt er älter. Seine schütteren Bartstoppeln verdecken die Falten an seinen Mundwinkeln nur mühsam. Unter den Augen hat er Tränensäcke, die von schlechten Gewohnheiten zeugen.

Dierk von Trostberg, sagt er.

Und Sie sind Volontär, erkundigt sich Niks.

Kulturwissenschaftler. Meine Aufgabe ist es, den aktuellen

Niedergang des Hörfunks zu dokumentieren. Von innen heraus.

Niks nickt. Verstehe. Sie möchten den Niedergang beschleunigen.

Von Trostberg reagiert nicht. Er hat ihr gar nicht zugehört. Hektor winkt aufgeregt nach der Kellnerin, einer zierlichen, schulterfreien Träumerin mit dicker, orangefarbener Wollmütze. Niks bestellt sich ein Bier.

Das gibt's hier nur in der Flasche, warnt Myra.

Die Kellnerin schlendert mit ihrem leeren Tablett zurück in Richtung Theke. Myra gähnt ausgiebig, ohne sich die Hand vor den Mund zu halten. Niks entdeckt eine goldene Backenzahn-Füllung, glaubt, ein Spritzer habe sie getroffen und wischt sich übers Kinn.

Myra schüttelt den Kopf. Meine Großmutter trinkt nie aus der Flasche. Sie behauptet, sie könne das gar nicht. Sie lässt sich immer ein Glas geben.

Jeder trägt auf seine Weise zum Niedergang bei. Von Trostberg lächelt Niks an. Er hat ihr also doch zugehört.

Hektor erkundigt sich, ob Niks ihre Jacke ablegen und bei den anderen Mänteln und Anoraks in der Fensternische lassen will. Er möchte höflich sein. Doch dann zieht er zu fest an ihrem Ärmel, und irgendwo im Inneren der Jacke reißt eine Futternaht. Niks fragt sich, was er vom heutigen Abend erwartet. Seine beiden Kollegen wirken gelangweilt.

Du, Hekie, sagt Myra. Ich hab meinen Schal an der Bar liegen lassen. Da hinten in der Ecke. Könntest du ihn mir holen? Das wäre lieb.

Hektor scheint sich über ihre Bitte zu freuen, er verschwindet, bevor sie zu Ende gesprochen hat.

Myra nutzt die Gelegenheit und fragt Niks: Was wollen Sie von ihm?

Niks hebt die Schultern.

Sie sind echt cool, stellt Myra fest. Das würde ich mich nie trauen. Ich hätte Angst, das Volk könnte mit Schaufeln und Mistgabeln meine Wohnung stürmen, mich auf die Straße zerren und am nächsten Baum aufknüpfen.

Und Sie sind sehr wortgewaltig. Sie werden es beim Hörfunk noch weit bringen. Niks hält Ausschau nach Hektor, der mit einem schwarzen Schal in den Händen zurückkommt und ihn erwartungsvoll vor Myra auf den Tisch legt.

Myra schüttelt den Kopf. Oh, es tut mir leid. Das ist der Falsche. Meiner ist grün, mit einem blauen Paisleymuster darauf. Na ja, macht nichts. Ich hab ihn wohl zu Hause vergessen.

Von Trostberg lacht leise in sich hinein. Mit weicher Lässigkeit legt er den Kopf zurück und gießt sich Bier in die Kehle. Sein Adamsapfel rutscht mehrmals auf und ab.

Soll ich noch mal …?

Von Trostberg legt Hektor die Hand auf den Rücken. Lass gut sein. Ich frag mich ohnehin, warum sich so eine selbstbewusste, schöne Frau ständig bedienen lassen will.

Weil sie selbstbewusst und schön ist, nehme ich an, sagt Niks.

Er dreht sich zu ihr um und sieht ihr voll in die Augen. Seine eigenen verschwinden fast unter der reichen Haut seiner Lider. Er hat sichtlich Mühe, sie offen zu halten. Sie sind doch bestimmt eine Emanzipierte. Zumindest wäre ich das in Ihrem Alter, wenn ich eine Frau wäre. Simone de Beauvoir und Alice Schwarzer und so. All diese Dinosaurierinnen, man beachte, ich lege sogar Wert auf die korrekte Endung. Der Geschlechtsakt ist ein Akt der Unterwerfung unter den Mann, ist es nicht so?

Erst jetzt merkt Niks, wie betrunken er ist.

Dierk, sagt Myra warnend. Und zu Niks: Er liest einfach zu viel. Er hat nur Theorie im Kopf.

Theorie … Von Trostberg prustet los. Sein letzter Schluck versprüht sich in alle Richtungen. Entschuldigt. Er zieht ein Taschentuch aus der Brusttasche seines Hemdes und presst es sich auf den Mund. Dann sagt er: Ich bin niemals Theoretiker gewesen. Schon gar nicht beim Sex.

Das beruhigt mich. Myra bleibt kühl.

Das weißt du ja selber. Aber die beiden da haben keine Ahnung.

Hektor steht schüchtern neben ihm. Seine überhellen Haare wirken im Kerzenlicht leblos. Dieses Treffen hat er sich anders gewünscht. Wollt ihr noch hier bleiben, fragt er leise.

Niks würde gern seine Hand nehmen und traut sich nicht. Myras Blicke sind direkt, schamlos und sensationslüstern. Myra ist vor bewegten Bildern aufgewachsen, für sie ist alle Welt eine Filmkulisse, auf die sie starren darf, ohne für ihre Unhöflichkeit eine Ohrfeige zu bekommen. Sind es solche Leute, vor denen Karen ihren Sohn schützen möchte? Was würde Karen von Dierk von Myra halten, von ihrer verdorbenen, naiven Weltlichkeit? Niks trinkt ihr Bier, während Myra in den letzten Fruchtstücken eines Cocktails herumstochert. Dierks Hände sind in den Taschen seiner Jacke auf der Suche nach einer Zigarette, dann besinnen sie sich und legen sich resigniert um sein halb leeres Glas. Hektor ist schneller fertig mit seinem Bier als Niks. Unentschlossen dreht er die Flasche zwischen seinen Fingern.

Hektor. Niks stellt ihr Bier ab. Ich möchte nach Hause.

Dierk lacht los, ein verklemmtes, scharfes Einatmen, das seinen Adamsapfel mehrfach auf- und abfahren lässt. Er hält es nicht für nötig, etwas zu sagen.

Dafür mischt sich jetzt wieder Myra ein. Wir wollten noch ins *Bimbo Town*. Neunzigerparty.

Hektor sieht bittend zu Niks. Heute will er trinken, das sieht sie ihm an. So kann sie ihn mit Dierk und Myra nicht alleine lassen. Dierk holt ein paar sauber gefaltete Banknoten aus seiner Geldbörse und winkt der Träumerin unter der orangefarbenen Mütze. Doch Niks besteht darauf, Hektors und ihr eigenes halb ausgetrunkenes Bier selbst zu bezahlen.

INDUSTRIEGEBIET

Eine riesige Halle, an deren Decke sich Drahtseile über Träger und Rollen spannen wie ein Schlepplift. Doch dieser Lift zieht keine Menschen. Stattdessen hängen Mäntel auf Kleiderbügeln an den Drahtseilen. In kleinen und größeren Gruppen, einzeln, zu zweit, fegen diese Mäntel durch die Halle, wischen den Tänzern über die Köpfe, durchwühlen Frisuren und sorgen für plötzliches, lautloses Auflachen im Lärm der überdrehten Drum-and-Bass-Musik, die Niks auf Normallautstärke möglicherweise gefallen würde. Nun aber holt sie ihre Ohrstöpsel aus der Handtasche, nicht ohne Dierks spöttischen Blick wahrzunehmen, bevor er sich von ihr abwendet und auf einen roten Knopf drückt, der in einem schiefen Holzgeländer eingelassen ist. Schräg gegenüber erwacht ein Wohnzimmerensemble aus den fünfziger Jahren zum Leben: Nierentisch, Tütenlampen und geblümtes Sofa auf einer beweglichen Bühne, die sich langsam um sich selbst zu drehen beginnt. Ein auf dem Sofa schmusendes Pärchen zerfällt zu zwei Individuen mit überraschten Mündern. Dierk drückt zum zweiten Mal auf den Knopf. Das Wohnzimmer beendet seine Drehung abrupt, das Paar rutscht zu Boden. Niks schlägt ein Mantel ins Gesicht, ihm folgt ein anderer, kürzerer, der nonchalant über sie hinwegwischt. Ein Technogirl in grünem Plastik-Mini stolpert durch das sich drehende Wohnzimmer und reißt dabei die Tütenlampe mit. Kinetische Kunst.

In den neunziger Jahren war Niks Anfang fünfzig und amüsiert von der damals vorherrschenden Respektlosigkeit. Alles war relativ, jeder noch so absurde Standpunkt willkommen. Strickmützen trugen die Aufschrift *Es war Sommer* und DJs aus den neuen Bundesländern verkleideten sich als Schlagerstars. Die Musik umfing Versatzstücke aus der DDR-Kultur, die wie herrenlose Schlauchboote überall auftauchten und im Herumgeschobenwerden neue Bedeutung erhielten. Kanzlerworte wurden ein ums andere Mal wiederholt und mit harmonischen Rhythmen unterlegt. Teenager fütterten ihre elektronischen Haustiere. Das neue Jahrtausend kam mit dem Tod von Prinzessin Diana, dem 11. September und einer neuen Welle kosmischen Kuschelns und Fühlens viel zu früh.

Niks denkt an ihre eigene Jahrtausendwende, die sie mit Blick auf drei beleuchtete Riesenräder auf dem Fernsehbildschirm verbrachte, auf den angekündigten Totalausfall aller Systeme wartend. Zunächst mal würden die drei Nullen erlöschen, malte sie sich aus. Dann der Kühlschrank, dann die Lampen. Autos würden stehen bleiben, den Fahrern ihre Airbags ins Gesicht schleudern. Mobiltelefone würden sich in Wurfgeschosse verwandeln, Feiernde in Plünderer und religiöse Bürger in Fanatiker, die endlich ihren Jüngsten Tag begehen dürfen. Die Riesenräder erloschen tatsächlich, als das Feuerwerk begann. Rote, grüne, blaue und gelbe Triebe schossen gen Himmel und erblühten mit zeitversetztem Knallen. Niks hatte sich eine Piccoloflasche *Heidsieck Monopole* bereitgestellt. Der Champagner schmeckte nach Metall und Hefe. War dies nun etwa der groß angekündigte Rückfall ins Mittelalter? Niks hörte Sirenen, grölende, feiernde Menschen, Liedfetzen, Feuerwerk, Heliumstimmen und immer wieder das wilde Lachen Jugendlicher, die vor explodierenden Böllern auf die Seite sprangen. Das Telefon ging noch, es klingelte kurz nach Mitternacht. Niks hob den Hörer ans Ohr und vernahm Ullas beschwipste Stimme.

Alles Gute zum neuen Jahrtausend.

Habt ihr das alte gut überstanden? Niks sah auf die Uhr.

Ach, Susi hat sich am Eiscrusher die Finger verletzt, deshalb gibt's heut Bloody Marys statt Caipirinha, aber sonst sind wir gut rübergerutscht. Jetzt machen wir Bleigießen. Vielleicht habe ich ja das Bild eines neuen Messias auf dem Löffel.

Lass das, sagte Niks. Prophetinnen leben gefährlich.

Ulla seufzte. Ich habe Gabi daran erinnert, dass sie bald dreißig wird und ihre biologische Uhr langsam gegen Null tickt. Ich meine, was ist eine Frau ohne Kinder? Irgendwann wirst du es herausfinden, habe ich gesagt. Hoffentlich ist es dann nicht zu spät. Du ahnst gar nicht, wie ausfällig sie wurde. Ich dachte schon, sie würde mir mit der Fonduegabel die Augen ausstechen.

Draußen krachte ein Böller und die Teller in Niks' Geschirrschrank schepperten. Danach lautes Geschrei.

Bei dir tobt der Mob.

Sie feiern. Sie sind dem Ende der Welt noch mal entkommen. Niks sah durchs Fenster und entdeckte einen fremden Lichtschein. Er flackerte, wurde heller. Niks stand auf. Warte. Bei mir gegenüber brennt's im Dachstuhl.

Ulla lachte betrunken. Ich habe mir schon immer Sorgen um deinen Dachstuhl gemacht.

Ich muss die Feuerwehr rufen!

Es stellte sich heraus, dass andere das schon getan hatten. Bis in die späten Morgenstunden liefen die Löscharbeiten routiniert, dann erklang ein plötzlicher, scharfer Befehl durchs Megaphon und alle Feuerwehrleute kamen aus dem Haus gestürmt. Ohne Vorwarnung stürzte das Gebäude in sich zusammen, reduzierte sich binnen Sekunden auf einen Haufen Schutt und geborstenes Gebälk und ließ nur eine verkohlte

Außenmauer stehen. Niks hatte bereits Stunden vorher ihre eigene Wohnung verlassen müssen und wurde mitsamt den anderen evakuierten Bewohnern des Viertels in ein Zelt verfrachtet, um sich dort von müde aussehenden aber freundlichen Maltesern mit Kaffee und belegten Broten versorgen zu lassen. Ein Stück Lichterkette baumelte von einem geschwärzten Balken, die Reste eines Vorhangs klebten an einem anderen. In nur wenigen Stunden war es mindestens sieben Grad kälter geworden, und tausende Liter Löschwasser hatten sich zu meterlangen Eiszapfen zusammengeschlossen, die aus den Resten eines Kamins nach unten zeigten wie die Finger eines riesigen, teuflischen Platzanweisers.

Der Trojaner setzt sich neben Niks und stellt zwei weißlich schimmernde, halb gefrorene Cocktails vor ihr ab. Sein Lächeln ist sparsam. Stumm beginnt er an seinem transparenten Strohhalm zu saugen. Niks sieht, wie sich die Flüssigkeit wiederholt bis zum Halmknick emporkämpft und dann wieder abfällt. Das Zeug scheint Hektor nicht zu behagen. Niks' eigenes Getränk schmeckt überraschend gut – nach Limette, Minze und Kokos. Alkoholische Wärme kriecht ihr die Speiseröhre hinunter bis in den Magen. Drei Mäntel kommen vorbei und wirbeln Partikel auf, die im Licht der Kristallkugeln metallisch blitzen. Ein unbesetztes Biedermeier-Ehebett voller bunter Schaumstoffkissen rollt auf den Schienen an ihnen vorüber und verschwindet hinter einem Vorhang. In der Tiefe der Halle sitzen Dierk und Myra auf knallroten, hydraulischen Hockern, die ständig ihre Höhe verändern. Vor Lachen müssen sie sich aneinander abstützen, um nicht nach hinten wegzukippen. Hektor stellt sein ungeleertes Cocktailglas auf einen weißen Beistelltisch, der einsam durch die Halle fährt und in den rote Knöpfe eingelassen sind. Kein fliegender Mantelsaum erreicht den Tisch, dafür ist er zu niedrig. Die beiden Hocker hingegen haben ihre volle Höhe erreicht. Dierk und Myra küssen sich ausgiebig, langsam, gelassen, nonchalant. Sie wissen um ihre Erscheinung. Niks steht auf, läuft dem Beistelltisch hinterher und drückt alle Knöpfe auf einmal. Eine sich um sich selbst drehende Wohnzimmereinheit kommt abrupt zum Stehen. Zwei Kristallkugeln beginnen, an der Decke zu rotieren. Der Beistelltisch nimmt Fahrt auf und verschwindet hinter einer Säule. Ein menschenähnlicher Roboter, dessen Körper aus kleinen und großen Zahnrädern besteht, stampft quer über die Tanzfläche. Dierks hydraulischer Hocker lässt Dampf ab und schnellt einen Viertelmeter nach unten. Myra schreit lautlos auf, Dierk küsst Myra auf ihren dunklen Scheitel. Hektor springt hoch, duckt sich unter einem einzeln dahinfegenden Mantel hindurch und rennt zum Ausgang.

Im Taxi erlaubt sich der Trojaner keine Tränen. Seine Wangen sind heiß und gerötet, seine Haare fallen ihm wirr über die Brauen, die Spitze seines Hemdkragens ist feucht. Er kneift die Augen fest zu wie ein Kleinkind vor dem Kopfwaschen. Von seinen Wimpern sind nur noch die Spitzen zu sehen. Straßenlichter laufen rhythmisch über seine helle Stirn hinweg. Seine ineinander verkrampften Hände stecken bis über die Fingerknöchel in den Ärmeln seiner Jacke.

Die beiden bilden sich eine Menge aufeinander ein, sagt Niks.

Hektor reagiert nicht, vielleicht ist er noch taub von der Musik.

Der Taxifahrer dreht sich um und fragt Niks, welchen Weg er nehmen soll. Dann möchte er wissen, ob es ihrem Sohn gut geht. Falls er kotzen muss, würde ich gerne rechts ranfahren.

Alles in Ordnung, versichert Niks dem Taxifahrer. Sollte er noch einmal fragen, würde sie ihm dreist ins Gesicht lügen. Doch sie freut sich über das Kompliment. Man traut ihr einen so jungen Sohn zu. Sie bekommt Lust, sich ein paar Falten unter den Augen wegzustreichen und sich gerade hinzusetzen.

Hektor wimmert vor sich hin, als wäre ihm etwas Peinliches eingefallen. Das Auto hält.

Niks gibt dem Fahrer einen Zwanziger, ohne auf das Wechselgeld zu warten. Sie packt den Trojaner am Arm. Wir sind da.

Demütig wie ein Gefangener lässt sich Hektor aus dem Taxi ziehen. Niks spürt ihren Rücken. Hektor tritt in eine vom Mondlicht beschienene Pfütze. Es platscht. Hektor kümmert sich nicht um die Tropfen, die ihm Schuhe und Hosenbeine verdrecken. Wieder und wieder tritt er in die Pfütze, auf den Mond, der sich darin spiegelt und jedes Mal unversehrt bleibt. Irgendwann ist die Pfütze leer, bloß noch ein lebloses, dunkles Auge, eingerahmt von wimprigen Spritzern.

Als Nikola ein Kind war, hing ihr Himmel voller Nasenlöcher. Die von ihrer Mutter sahen aus wie Stiefelspuren in knietiefem Schnee; länglich und tief und dunkel. Der Klassenlehrer hatte struppige, dreieckige Höhlen und die Kindergartentante einen kleinen, rosafarbenen Doppelstecker. Die Löcher des Direktors, zu dem Nikola einmal musste, weil sie einer Schulkameradin die Puppenschuhe geklaut hatte, waren furchterregend wie ein Wespennest. Nikola stand mit gefalteten Händen vor seinem Schreibtisch, während er sie zwang, ihm direkt ins Gesicht zu schauen. Sie hatte schreckliche Angst, etwas Unbeschreibliches könnte aus ihm herausfliegen.

Die zierlichen Puppenschuhe hielt er in der Hand. Nikola hatte sie von Anfang an haben wollen. Sie waren so winzig und detailgetreu, mit Wildlederapplikationen, Ledersohlen und kleinen Messingösen für die Schnürsenkel. Solche Schuhe würde sie selbst nie besitzen.

All das an eine Puppe zu vergeuden, schien Nikola übertrieben. An ein lebloses, hartes Ding mit einfältigem Gesicht und Löchern im Kopf, aus denen die störrischen Haare gleich büschelweise hervorquollen. Ihre Schulkameradin hielt das Ding tief unten im Ranzen versteckt. Sie nannte es Käthi. Als Käthi von der Lehrerin entdeckt und einbehalten wurde, war die Schulkameradin untröstlich. Zwei Tage später brachte sie Käthis Schühchen am Reißverschluss ihrer Federtasche mit. Wann immer sich die Gelegenheit bot, strich Nikola heimlich mit dem Finger über die Puppenschuhe, um sich an ihrer Zierlichkeit und ihrer samtigen Glätte zu erfreuen. Sie leckte sich die Lippen, ihr Magen kribbelte und fühlte sich urplötzlich schwer an, ein angenehmes Ziehen machte sich in ihrem Unterleib breit. Mit ihrer Handarbeitsschere schnitt sie die Schühchen heimlich ab und steckte sie ein. Natürlich blieb ihr Diebstahl nicht unbemerkt. Die Kameradin plärrte lauthals los, als sie feststellte, dass an ihrem Mäppchen etwas fehlte. Ihre anklagenden Augen richteten sich sofort auf Nikola. Nikola musste ihren Ranzen nach vorne tragen, der Lehrer kippte ihn um. Unter dem Johlen der Klassenkameraden kamen verfaulte Äpfel zum Vorschein, zerquetschte, Erdbeermarmelade blutende Pausenbrote, die noch in ihren Zellophanhüllen steckten, fleckige Hefte und Bücher, eine angemalte Griffelbüchse, darin die Puppenschuhe.

Der Schnee um die Nasenlöcher ihrer Mutter war an diesem Abend besonders weiß. Du bist nix, du kannst nix, du hast nix, du hängst an mir wie ein Mühlstein, schrie sie Nikola ins emporgerichtete Gesicht und verwies sie mit einer Ohrfeige auf ihr Zimmer. So kam Niks zu ihrem Namen. Sie nahm ihn ohne Widerrede an.

Der Trojaner bittet sie um etwas zu trinken. Sie bringt ihm ein randgefülltes Schnapsglas mit klarer, hochprozentiger Flüssigkeit. Hektor trinkt, ohne sie anzusehen. Seine Fingerknöchel stechen weiß hervor; er muss das Glas mit beiden Händen festhalten. Mit schwerer Zunge versucht er, Niks zu erzählen, wie Myra ihn in der Kantine so ermutigend angelächelt hat. Wie einsam er sich fühlt. Und wie ihr Portraitfoto jeden Tag von der Wand auf ihn heruntersieht, um jeden seiner Fehler zu registrieren. Vor ihrem Blick hat er sich mehr gefürchtet als vor dem CvD. Er will alles richtig machen. Er bekommt einen Schluckauf, unter seinen hellen Haaren ist er krebsrot. Von Karens Ballerinastärke scheint er nichts geerbt zu haben. Niks ist das recht. Menschen, die hart gegen sich und ihre Umwelt sind, liegen ihr nicht, wenngleich sie die Stärke solcher Leute bewundert. Hektor legt ihr die Arme um den Hals. Die Berührung wirkt elektrisierend, obszön, aber sie bringt es nicht fertig, Hektor zurückzuschieben. Soll er sich doch ausheulen, denkt sie. Seine hängenden Finger tippen wie leichter Regen gegen ihre Schulterblätter. Kalt läuft es ihr den Rücken hinunter. Der Junge ist betrunken. Sie sollte ihn in sein Zimmer schicken, sie sollten beide schlafen, warum ist sie bloß mitgegangen, seine Fingerspitzen scheinen nach etwas zu suchen, sie muss sich mal wieder eine Massage gönnen, sie hat sich schon viel zu lange selbst kasteit, so etwas kann überhaupt nicht gesund sein, und das hat sie nun davon. Warum hat ihr Karen diesen Jungen ins Haus geschickt? Die Leute haben heutzutage Kameras, eine falsche Bewegung und schon steht man weltweit am Pranger.

Hektors Hände sind unter ihren Pullover geglitten, sein Kopf liegt schwer auf ihrer Schulter, sie sollte sich von ihm lösen, dann tut er ihr wieder leid, und hier sitzt sie nun, gelähmt von Empfindungen, die sie nie wieder wollte, weil sie so verletzlich machen, im Alter mehr denn je. Sie, die ihr ganzes Leben nach kalten, klaren Reizen verlangt hat, sitzt nun komplett wehrlos da. Hektor könnte in diesem Moment alles tun, sie zu Boden stoßen, ihr die Kleider vom Leib reißen, ihr ganz sanft die Hände um den Hals legen, sie würde nichts dagegen unternehmen.

Doch dann scheint ihm ihre unheimliche Stille aufzufallen. Er löst sich von ihr, richtet sich auf, schaut sie mit müden, verständnislosen Augen an. Danke fürs Begleiten. Er flüchtet torkelnd in sein Zimmer, dreht den Schlüssel zweimal herum.

Niks bleibt in der Küche sitzen und flüstert immer wieder ihren Namen.

Hauptfriedhof

Zwei Tage später steht Niks vor einem offenen Grab. Die Menschen um sie herum werfen Erde hinein, murmeln Unverständliches, machen dann auf dem Absatz kehrt und reihen sich wieder zwischen die Lebenden. Im Sarg liegt Hans-Michael Scheuermann, Niks' früherer Senderchef. Zum Schluss hat sie kaum mehr etwas von ihm gehört. Seine Krebserkrankung riss ihn aus der Gegenwart, zuerst ins Krankenhaus, dann in ein Hospiz. Es hieß, er empfange nur selten Besuche. Sein Hinscheiden hat Niks' Welt nicht verändert. Denkt sie an ihn, so denkt sie an sinnlose Wutanfälle. Seine Angriffe auf Mitarbeiter und Praktikanten waren stets unerwartet und nur selten einem konkreten Fehler geschuldet.

Gerade hat Niks eine Dreiviertelstunde Andacht hinter sich. Sie saß in der letzten Reihe und betrachtete die Hinterköpfe der Trauernden. Herren mit blitzsauberen Schuhen, teuren Haarschnitten und Kamelhaarmänteln waren darunter. Schutzlos aussehende, kahl rasierte Nacken über edlem

Wollgewebe. Ein streitsüchtiger, erfolgsverwöhnter Mann wie Scheuermann hatte immer auch Anwälte und Bankiers im Schlepptau. Niks sieht hinüber zu Scheuermanns zweiter Frau Hilda, deren Gesicht hinter einer Sonnenbrille verborgen ist. Auf dem Weg zum Grab ist ihr die unverhohlene Elastizität in Hildas Schritten aufgefallen. Hilda ist noch jung, höchstens Mitte vierzig, und sie achtet auf sich. Rotbraun getönter Kurzhaarschnitt, der den Hinterkopf betont. Knapper Rock, eng anliegende Bluse. Durch ihre schützende Brille scheint sie wach in die Zukunft zu blicken.

Es tut mir so leid, murmelt Niks hinterher und nimmt Hilda vorsichtig in die Arme. Im Grunde kennt sie Hilda kaum. Umso überraschter ist sie, als Hilda ihren zaghaften Schulterdruck kräftig erwidert.

Er hat dich nie vergessen, Niks. Wir sollten uns mal treffen. Die Stimme klingt fern, als wäre sie in Gedanken bereits anderswo.

Melde dich doch. Meine Nummer ist sicher noch in seiner Adressdatei.

Mach ich, sagt Hilda. Eine Träne läuft ihr unterm Brillenglas hindurch.

Auf dem Rückweg wird Niks angesprochen. Der Mann ist kaum jünger als sie, dafür aber deutlich wohlhabender: roter Schal, Edelloden von *Manufactum*, schwarze, glänzende Schnürschuhe und ein Hut, der so tief und samtig schimmert, als käme er direkt aus der Schachtel. Niks seufzt. Sie erkennt seine Wangenknochen wieder, das Grübchenkinn, die hellgrünen Augen. Eine Augenblickserinnerung an lange Redaktionssitzungen, Tobsuchtsanfälle, betretene Mienen und die klamme Furcht, heruntergeputzt zu werden.

Sie sind der Bruder?

Er streckt ihr die Hand hin. Scheuermann. Hans-Peter.

Mein Name ist Nikola Berger. Sie sehen ihm sehr ähnlich.

Ach was! Er wirkt gereizt.

Mein herzliches Beileid. Niks möchte aufrichtig klingen.

Kennen Sie seine Frau näher? Mit diesem Satz wischt er ihre Floskel aus der Unterhaltung wie eine lästige Mücke. Sie haben sich vorhin mit ihr unterhalten.

Und jetzt unterhalte ich mich mit Ihnen. Niks lächelt ihm direkt zwischen die grünen Augen.

Er blinzelt mehrmals und schluckt dazu. Sein Adamsapfel rutscht über den Hemdkragen und verschwindet wieder.

Sie hat Sie nicht etwa um Hilfe gebeten wegen des Notartermins?

Braucht sie denn Hilfe?

Er bleibt still vor ihr stehen. Seine Ruhe lässt das leichte Säuseln des aufkommenden Windes überscharf wirken. Niks denkt an lebensgroße Pappaufsteller und wird von ihrem eigenen, tiefen Gelächter überrascht wie von einem unerwarteten Brechreiz. Es überrascht ihn auch, er weicht zurück.

Sie benehmen sich sehr dumm.

Meine Intelligenz schrumpft mit der meines Gegenübers, erwidert Niks.

Er winkt ab. Die Großspurigkeit seiner Gesten verwischt seine gepflegte Eleganz. An einem anderen Mann hätte das humorvoll wirken können, doch Niks sieht bloß unangenehme Ähnlichkeiten. Am liebsten würde sie mit all dem herausplatzen, was sie seinem Bruder nie gesagt hat.

Ich würde zu gern erfahren, was sie plant, sagt er. Niks sieht ihn an und bemüht sich nicht einmal um Ausdruckslosigkeit. Ihren kühlen Blick hat sie während des Berufslebens kultiviert, um nicht aufzufallen, sich nicht plötzlich am Pranger wiederzufinden. Einem Pranger, der sich mitnehmen ließ, hinaus aus dem Redaktionssaal, an den Schreibtisch, hinunter auf die Straße bis nach Hause. Sie hat Kollegen ächzen sehen unter der schweren Last. Manche verschwanden und kamen nie wieder. Die schweren Worte des Despoten klangen ihnen vermutlich noch lange in den Ohren, sein brüllender Tonfall, vermischt mit dem billigen Lachen der Claqueure.

Wie Sie wollen. Scheuermann dreht sich um, ohne zu erwähnen, dass es in der Konditorei gegenüber Kaffee und Kuchen für die Trauergemeinschaft gibt.

Niks entdeckt Hilda vor der Eingangstür des Cafés, wie sie schwarz gekleideten Menschen den Weg weist. Um ihre Füße tanzen tote Blätter, rotbraun wie ihr Haar.

Niks hat Hektor seit mindestens einer Woche nicht mehr gesehen. Nachts hört sie ihm zu, wie er die Wohnungstür aufschließt, seine Schuhe im Flur ablegt, den Badezimmerschlüssel dreht, sich die Zähne putzt. Jedes Geräusch zeugt von der Furcht, sie zu wecken. Morgens bleibt sie länger im Bett als sonst. Erst, wenn er das Haus verlassen hat, schleicht sie ins Bad.

Vorgestern hat Karen bei ihr angerufen. Niks reagierte unwirsch, weil sie Angst hatte, etwas Falsches zu sagen. Sie weiß nicht mal, ob sich der Junge bei ihr wohlfühlt. Karen klang auffallend freundlich. Er habe ihr per E-Mail seine Beiträge geschickt und sie wundere sich, wie gut er sich anhöre. Hat Niks ihm dabei geholfen?

Ich glaube, er ist verliebt, fuhr Karen fort. Durch die Telefonleitung kam ein seltsames Knirschen, dann wieder Karens Stimme. Ich bin so einsam ohne ihn. Kennst du sie denn? Karen wartete, verwundet, suchend. Beim Telefonieren ahnt man, wie Erblindete sich fühlen müssen, wenn sie nach Geräuschen tasten, die ihnen die verloren gegangenen Bilder ersetzen. Er ist doch noch viel zu jung. Und so verletzlich.

Er ist einundzwanzig und darf sich zum Landrat wählen lassen.

Mach dich nicht über mich lustig.

Ich werde ihm sagen, er soll sich bei dir melden.

Hektor. Oder ist er doch nur ein trojanisches Pferd? Was versteckt er in seinem Inneren?

Ulla kommt zum Tee und findet es merkwürdig, dass der Junge bei ihr wohnt. Ein Einundzwanzigjähriger und eine Rentnerin. Das ist doch nicht normal! Zahlt er dir wenigstens Miete?

Niks möchte das Thema wechseln. Normalerweise erweist sich Ulla als weniger hartnäckig, oft merkt sie nicht mal, wenn ihre Fragen unbeantwortet bleiben. Niks lauscht dem leisen Schaben von Ullas Löffel im irdenen Teepott. Dann hört sie Hektors Schlüssel im Türschloss.

Hallo, Hektor, ruft Niks. Darf ich dir meine Freundin Ulla vorstellen?

Schmal und verwirrt steht er in der Küchentür. Er hat sich gewünscht, unbeobachtet in sein Zimmer verschwinden zu können. Niks hebt die Teekanne mit einer nur halb ausgesprochenen Einladung auf den Lippen.

Die Freundin nimmt seine Hand, umschließt sie mit ihrem warmen, klebrigen Fleisch. Sie sind also Hektor, murmelt sie. Ach je. Solch einen schönen Enkel wünsch ich mir auch.

Hektor zieht seine Hand zurück.

Niks beobachtet ihn. Ihre Stimme klingt frisch, empörend jung und unbeteiligt. Deine Mutter hat angerufen, Hektor. Ihr habe ich gesagt, es gehe dir gut.

Hektor ist irritiert. Macht sie sich lustig über ihn? Tagelang hat er sich den Kopf zerbrochen, was Niks jetzt von ihm halten wird. Seine Scham hat ihn Abend für Abend in eine Weinstube getrieben, wo er zwischen lauter Senioren dumpf brütend über Rotweinvierteln saß, die ihm überhaupt nicht schmeckten. Er ist zu keinem Ergebnis gekommen. Seine

Sprache blüht im Schriftlichen. Gern liest er anderen vor, was er geschrieben hat. Was er spontan über die Lippen bringt, erscheint ihm hingegen nicht besonders wertvoll. Die dicke Frau in den teuren Leinenklamotten hat die Stimme eines aufdringlichen Huhns. Was will sie von ihm? Sie packt seine Hand erneut und späht ihm in den Handteller wie eine billige Wahrsagerin. Die Liebe. Die Liebe wird kommen.

Hektor zieht seine Hand zurück. Niks sitzt in ihren Stuhl zurückgelehnt, ein Bein hat sie unter den Körper gezogen, das andere wippt, fröhlich und nachlässig, zu einem Rhythmus, den nur sie alleine hört. Lass ihn in Frieden, Ulla.

Da fällt Hektor ein, dass er ja einfach gehen kann. Ich … also vielen Dank. Wir sehen uns dann später, Niks. Seine Tür fällt zu.

Er mag mich nicht. Ulla klingt verletzt. Zum zweiten Mal breitet sich Stille aus.

Niks sieht sich in ihrer Küche um. Die Küche ist klein, hell und weiß. Hier, an diesem geölten Holztisch liest sie ihre Bücher. Hier verkleckert sie ihre Suppe, hört englischsprachige Radiosender, lacht über Dinge, die keiner sonst lustig findet. Es ist einfacher, sich mit Romanfiguren abzugeben als mit echten Menschen. Mit Charakteren, deren Oberfläche durchbrochen ist, die Zugang zum Inneren gewähren. Hat man sie satt, so legt man sie kurzerhand weg. Man muss sich nicht einmal bei ihnen entschuldigen.

Ich sollte ihm ein WG-Zimmer suchen, sagt Niks.

Ulla stimmt ihr zu. Der tiefe Brummton der Befriedigung, der in Ullas Stimme mitschwingt, bestürzt Niks.

BODANPLATZ

Hildas Anruf kommt überraschend bald. Sie muss gleich nach der Beerdigung durch Scheuermanns Papiere gegangen sein, um nach Niks' Nummer zu suchen. Es sei dringend, sie wolle Niks so bald wie möglich sehen. Niks ekelt sich vor Scheuermanns Territorium. Sie möchte nicht in seine Wohnung. Also schlägt sie Hanna vor, sich mit ihr im Café am Bodanplatz zu treffen.

Niks ist zu früh dran. Die Dezembersonne scheint mit milder Gelassenheit auf einen vorüberfahrenden Bus, beleuchtet rosig blasse Gesichter hinter den Scheiben, darunter der Werbeaufdruck: *Wir schneiden für Sie auf: Fleisch- und Wurstwaren Gröberschmidt.* Vor dem Café sitzen Menschen in Decken gehüllt unter Heizpilzen. Ein Tisch ist noch frei, zwei Stühle, zwei Decken. Niks nimmt sich eine, wickelt sich darin ein und setzt sich. Ihre Handtasche schiebt sie sich in den Rücken. Ein dunkelhaariger Kellner fragt sie freundlich nach ihren Wünschen. Sie bestellt einen Latte Macchiato.

Am Tisch nebenan unterhalten sich zwei Schulmädchen über ihren Lehrer. Ihr Ton ist rau. Sie wissen, was sie vom Lehrer zu erwarten haben. Die Mädchen sind hübsch, weltlich, glamourös fast hinter ihren dunkel glänzenden Kunstpelzkrägen. Sie haben es eilig. Junge Leute haben es nahezu immer eilig. Es ist eine Schande, dass man ihnen so wenig Zeit lässt. Sie werden durchs Leben getrieben als gelte es, einen Wettlauf zu gewinnen. Eines der Mädchen steht auf, gibt dem Kellner ein Zeichen mit dem Portemonnaie. Die andere hat längst ihr Handy am Ohr. Sie winden sich aus den Decken. Der Kellner kommt, sein elektronisches Gerät spuckt eine Rechnung aus, er zückt den Geldbeutel. Wieder ist ein Tisch frei.

Da kommt Hilda, ganz in Schwarz, mit keck in den Nacken geschobenem Strickhütchen. Sie winkt, macht ein fragendes Gesicht. Niks zeigt auf die neben ihr liegende Decke. Hilda verdreht die Augen in Richtung Heizpilz, dann kommt sie zum Tisch und schüttelt Niks die Hand. Diese Dinger. Reine Klimakiller.

Wo sie schon mal da sind, können wir sie auch nutzen, sagt Niks. Hilda nimmt die Decke, faltet sie mehrmals übereinander und setzt sich mit geschlossenen Beinen darauf. Lebhaft winkt sie dem Kellner, bestellt Tee mit Rum. Ich frage mich, warum das keiner mehr trinkt. Es ist das leckerste Wintergetränk, das ich kenne.

Man friert heutzutage nicht mehr. Das schickt sich nicht.

Nein, stimmt Hilda zu. Heute muss alles lau sein, das Wetter, die Beziehungen, die Gewürze, das Essen. Alle haben Angst, sich den Mund zu verbrennen. Sachte fährt sie sich mit dem Zeigefinger über die Oberlippe.

Hör mal, Hilda. Nach der Beerdigung hat mich sein Bruder angesprochen.

Der freundliche Kellner bringt Hilda den Tee mit Rum. Sie schüttet das volle Schnapsgläschen ins dampfende Wasser und holt den Teebeutel heraus, ohne ihn ziehen zu lassen. Dann öffnet sie ein Tütchen Zucker, tut es ins Glas und rührt um. Mit geschlossenen Augen nimmt sie einen großen Schluck. Endlich. Darauf habe ich mich schon ewig gefreut. Mit ihrem ganzen Körper widmet sie sich dem Getränk. Ihre schmalen Hände umschließen das Glas von allen Seiten. Ihr fröhlicher, rotbrauner Haarschopf schimmert in der fahlen Sonne unter dem Strickhütchen hervor. Es mutet surreal an, mit welcher Geschwindigkeit sie Wasser zu sich nehmen kann, das fast noch kocht. Ihre Lippen sind spitz, behutsam, abgebrüht.

Niks staunt.

Er ist so besorgt um den Ruf seiner Familie, sagt Hilda, nachdem sie das Glas geleert hat. Deshalb ist er um die halbe Welt geflogen, nur um rechtzeitig bei der Beerdigung zu sein. Denk bloß nicht, dass er sonst was für seinen Bruder übrig hatte.

Niks lächelt zustimmend. Es gibt Menschen, die hassen ihr Spiegelbild mehr als sich selbst.

Hilda hebt den Kopf und blinzelt hilflos. Das Lachen schießt aus ihr heraus, und ein paar Leute an den Nebentischen drehen sich nach ihr um. Ist mir noch nie aufgefallen, prustet sie. Aber du hast recht. Du hattest schon immer einen guten Blick für Leute, das glaubte jedenfalls mein Verstorbener.

In seinem Fall lag ich völlig daneben. Niks ist beeindruckt von Hildas hell klingender Stimme und dem ironischen Spiel ihrer Mundwinkel. Anfangs konnte ich ihn gar nicht einschätzen.

Ich auch nicht, bestätigt Hilda.

Bevor Hilda auf den Plan trat, war Niks kurz mit Scheuermann liiert; eine unbefriedigende Beziehung, die aus quälender Einsamkeit entstand. Niks lieferte sich einige intensive Stellungskämpfe mit Scheuermann, in deren Folge sie beinah ihren Job verloren hätte. Man vögelte nicht mit Leuten, auf deren Gehaltsliste man stand. Nicht im Jahr 1986, nicht bei einem Radiosender, dessen Mitarbeiterstruktur so eng war, dass Sexualkontakte geradezu inzestuös wirkten.

Meine Tochter ist nicht mitgekommen zur Beerdigung. Hildas Zeigefinger fährt über das leere Teeglas. Wenigstens das wollte ich ihr ersparen.

Niks staunt schon wieder. Hilda und Scheuermann haben eine Tochter? Seine Kinder aus erster Ehe müssten schon beinah in Hildas Alter sein. Niks meint, sich an eine Photographie erinnern zu können, die bei Scheuermann in der Nachttischschublade lag. Zwei Jungs mit Zahnlücke und großem Hund in grünem Garten. Scheuermann wurde einsilbig, sobald es um seine Familie ging.

Sie ist ... von ihm?

Hildas Blick wird trübe; ihr Hütchen ist ihr über die Augen gerutscht und hat nun gar nichts Keckes mehr. Zwischen ihren Lippen steht der Wunsch nach einer neuen Tasse Tee mit Rum. Nein. Paula ist von *mir*. Sie ist jetzt neunzehn. Hilda hat ihre Hände auf den Tisch gelegt und sieht Niks zum ersten Mal an diesem Tag direkt in die Augen. Er hat ihr gesagt, er sei nicht ihr Vater. Dann machte er sich an sie heran. Sie stand kurz davor, mit ihrem Leben abzuschließen. Kannst du dir das vorstellen? Dass dir alles fremd gemacht wird, dein eigener Körper, deine Persönlichkeit. Plötzlich entdeckst du Dinge an dir, die du nie für möglich gehalten hättest. Du glaubst, dich zu kennen, und dann taucht jemand auf, dem du vertraust, und ändert die Spielregeln, für immer.

Ein neues Glas Tee mit Rum kommt an den Tisch. Niks hebt ihre Hand zu spät, der freundliche Kellner ist schon wieder weg. Diesmal trinkt Hilda langsamer, als imitierte sie die depressive Benommenheit ihrer Tochter. Mit weit offenen Augen starrt sie ins Glas. Der Rum zieht Kreise durch das Wasser, Hildas Löffel folgend. Es war schwer, an seinem Grab zu stehen, sagt Hilda. Ich fragte mich: Wenn ich nun was dafür könnte, dass er hier liegt? Würde ich mich dann besser fühlen? Ich empfinde keine Genugtuung über seinen Tod, er ändert gar nichts.

Jetzt kommt Niks doch noch dazu, einen großen Spezi zu bestellen. Für ihr Leben gern nimmt sie Getränke zu sich, die als undamenhaft gelten. Als sie das schwere, einem altmodischen Frauenkörper nicht unähnliche Glas mit der braunen Flüssigkeit zwischen den Händen hält und spürt, wie es an ihrer Nasenspitze feucht prickelt, wünscht sie sich, es möge so etwas wie Vornehmheit nicht geben.

Hilda will Schmerzensgeld für ihre Tochter und sich selbst. Der Bruder meint, aufgrund des Ehevertrags kriege ich ohnehin genug. Aber es ist nicht fair.

Und was möchte deine Tochter?

Hilda hat einen großen Schluck genommen und hustet. Ich verstehe Paula nicht mehr. Jetzt will sie bei ihrem Vater wohnen. Aber du könntest mir helfen.

Ich bin keine Juristin, sagt Niks. Diesmal braucht Hilda mehr Zeit für ihren Tee. Der freundliche Kellner dreht eine weitere Runde. Niks sieht ihn an und legt sich stumm den Zeigefinger an die Lippen.

Das weiß ich, sagt Hilda schließlich. Juristen hab ich genug in meiner Nähe. Ich brauche jemanden, der ihn genauso gut kennt wie ich. Mit dem Löffel klimpert sie der verschwundenen Flüssigkeit hinterher. Ihre Beine wippen zu zwei unterschiedlichen Rhythmen. Am liebsten würde sich Niks auf der Stelle verabschieden. Sie ist enttäuscht. Gerne wäre sie mit Hilda befreundet, dieser agilen Frau mit der flinken Zunge, die trotz ihrer Sorgen so frei heraus lachen kann. Doch hinter Hildas aufmerksamem Blick liegt Düsternis, eine flatternde Ungewissheit, die Niks plötzlich den Atem anhalten und ihre Finger um den Rand des Cafétischchens krallen lässt. Die nebelige Abendsonne wirft einen matten Schein auf Hildas Frisur unter dem Hütchen.

Geh nicht, sagt Hilda und Niks fühlt sich hellwach und schwindlig zugleich.

Marktstätte

Die Stadt ist erfüllt von Weihnachten. Übersättigte Kinder latschen neben ihren Eltern an den Schaufenstern vorüber und drücken dicke Nasen- und Fingerspuren aufs Glas. Marktbuden bieten Holz- und Metallspielzeug feil: untersetzte Nikolausfiguren mit Clownsnasen, ironische Engel mit überlangen Beinen und kurzen Flügeln, kandierte Äpfel, Glühwein und Falafel. Ein Konfirmandenkirchenchor singt *Lasst uns froh und munter sein*. Brav gescheitelte Jugendliche in langen, grünen Togen; eine Schar Jungtannen, die ins Weltliche streben. Der Pastor dirigiert, wohl ahnend, dass die meisten seiner Sänger und Sängerinnen nächstes Jahr nicht wiederkommen werden. Die Sonne hat sich zurückgezogen und einen bleiernen Himmel hinterlassen, aus dem gelegentlich eine Schneeflocke herabtaumelt. Das Thermometer an einem Uhrengeschäft zeigt drei Grad minus.

Niks kommt mit einem schlechten Ergebnis vom Arzt. Sie hat einen verdickten Herzmuskel und muss von nun an Medikamente schlucken. Nichts Ungewöhnliches für eine Sechsundsechzigjährige, aber es deprimiert sie dennoch. Sie darf nicht mehr ungestraft essen, was sie will. Das kommt einer persönlichen Beleidigung nahe. Es blühen chronische Beschwerden, weitere Medikamente, Nebenwirkungen. Sie möchte gar nicht darüber nachdenken. Nicht hier auf dem Weihnachtsmarkt, zwischen Nikoläusen und Schaustellern, Kindern und Eltern, den Jugendlichen, die ihre Glühgetränke mit Wodka vergeistigen.

Ein Obdachloser mit zwei Hunden zu seinen Füßen spielt auf seiner Blockflöte *Danke für jeden neuen Tag*. Er setzt sich nur mühsam gegen den Kirchenchor durch, doch ab und zu entweicht seinem Instrument ein hoher, schriller Ton, der sich wie ein Tinnitus über der feierlichen Stimmung festsetzt. Einer der Hunde, ein schwarz-weißer Mischling mit dichtem Fell, schaut aus hellen Augen zu Niks hoch, als hätte sie eine Antwort auf den Flötenton. Doch Niks hat keine Antwort. Sie hat nicht einmal eine Frage. Stattdessen holt sie ihr Portemonnaie heraus, kramt ihr komplettes Kleingeld hervor. Der Obdachlose nickt ihr zu, ohne seine Flöte aus dem Mund zu nehmen. Sie wirft ihm das Kleingeld in die bereitgelegte Mütze. Spenden, denkt sie. Konsumieren und Ausscheiden. Das Leben ist ein Nehmen und Geben im widerlichsten Sinne.

Sie bestellt einen Glühwein. Jemand reicht ihr eine randvolle Tasse und ein Pfandmärkchen. Sie lehnt sich gegen einen groben Stehtisch aus Holz, in dessen Mitte sich ein Loch für Müll befindet. Der Glühweindampf schließt ihr die Luftröhre, bringt sie zum Husten. Sie schluckt widerwillig und zwingt sich zum Atmen. Es schmeckt enttäuschend, doch sie trinkt aus. Auf die tröstliche Wärme, die sich sofort in ihrem Inneren ausbreitet, will sie nicht verzichten.

Aus der Bude dringt ein Schlager an ihr Ohr, ein süßlicher Drei-Akkord-Harmoniebrei unter weiblicher Zuckerstimme, die sich mit den Wörtern Herz, Schmerz, träumen, weinen und Himmel in unnatürliche Höhen schraubt. Kälte kriecht Niks den Nacken hinunter. Sie stellt die leere Glühweintasse zurück, schiebt das Pfandmärkchen über den Tresen und erhält dafür zwei Euro.

Ich wünsche Ihnen ein frohes Fest. Der Glühweinverkäufer hebt die Augenbrauen. Dabei verschiebt sich sein zurückgesetzter Haaransatz noch weiter nach hinten. Er trägt eine Fleecejacke, seine Hände stecken in fingerlosen Wollhandschuhen.

Danke gleichfalls, sagt sie. Das Knochenpflaster zu ihren Füßen ist grau und fleckig von eingetretenen Kaugummis.

Fichtennadeln liegen in den Ritzen. Heute früh war Niks wieder im eiskalten Wasser, davon hat sie dem Arzt aber nichts gesagt. In ihren Fingerknöcheln herrscht ein klammes Gefühl. Die schlechte ärztliche Nachricht hat ihre kältebedingte Hochstimmung zunichte gemacht und, so kommt es ihr vor, ihre Zukunft gleich mit dazu.

Niks! Hallo Niks!

Jemand ruft sie. Als sie sich umdreht, sieht sie Hektor in Lederjacke und Mütze, deren Ohrenklappen sein Haar nur teilweise verdecken. Mit seinen dunklen Augen, die im Schatten der Mütze noch tiefliegender wirken, lächelt er sie an. Seine Haut ist winterlich gerötet, ein frisches Bubengesicht.

Ich dachte schon, du willst mich gar nicht hören!

Niks geht auf ihn zu und umarmt ihn.

Hey! Überrascht greift er nach ihren Handgelenken und nimmt ihre Finger zwischen seine, eine altkluge Geste, die ihr irgendwie gefällt. Geht es dir nicht gut?

Es ist ihr unangenehm, so transparent zu sein; sie wollte nie ein Gesicht haben, bei dem sich alles an der Oberfläche abspielt. Ich werde alt. Mit diesen Worten schaut sie ihn an, aber er lacht bloß: Hast du ein Glück!

Nein, wirklich. Ich komme mir albern vor, weil ich immer gehofft hatte, ich würde mal jung sterben. Mit neunundneunzig Jahren. Jung und gelassen und gesund.

Eigentlich wollte Hektor sie zu einer Tasse Glühwein einladen, um die Spannung zwischen ihnen zu lösen und ihr von seinem Tag zu erzählen. Heute hat er seine erste längere Sendung produziert, und der Chef vom Dienst hat ihn dafür vor der Redaktion gelobt. Doch auf einmal ist seine Begeisterung dahin. Allzu selten verlaufen Gespräche nach Plan.

Komm, wir holen uns was zu trinken.

Niks ist unentschlossen. Alkohol verstärkt ihre frohen Stimmungen ebenso wie ihre düsteren. Hektor holt Punsch in dunkelblauen Tassen. Darauf sind Abbildungen bunter Häuser eingebrannt, im Vordergrund ein Schneemann mit Möhrennase und ein Schlitten mit Paketen drauf.

Niks' Mutter hatte ein Arsenal an Kugeln, Sternen, Maria und Josef, Krippe, Ochs und Esel als fragile Holzfiguren in halben Walnussschalen. Niks steckte ihren Finger dazu, um das Jesuskind zu streicheln, das nicht größer war als ein Nadelkopf, und die Schale brach auseinander. Dafür bekam sie Schläge, deren Spuren über die Weihnachtsferien hinausreichten. Wenigstens konnte niemand durch ihre Flanellröcke und Wollpullover hindurchsehen. Niks weiß nicht, was sie schlimmer gefunden hätte: die Schmerzen oder deren Entdeckung.

Hallo, sagt Hektor. Sag bloß, er schmeckt dir nicht?

Niks lächelt über die Grimasse, die sie ihm geschnitten haben muss, dabei ist der Punsch besser als der Glühwein vorhin. Ich hatte was Blödes im Kopf.

Ja, dann. Hektor fühlt sich hilflos. Normalerweise wird ihm genau erklärt, was man von ihm will. Er möchte immer noch von seiner Sendung erzählen, doch stattdessen sagt er: Ich fahre Weihnachten nach Hause.

Wirst du mit deiner Mutter feiern?

Seine blonden Haarsträhnen hat er so stark eingesprüht, dass sie starr bleiben, wenn er den Kopf schüttelt. Mein Vater kommt zu Besuch, aber feiern würde ich das nicht nennen. Als mein Vater fünfundvierzig wurde, hat er die Verwandtschaft eingeladen. Doch es gab keinen Alkohol auf seinem Fest. Bloß Apfelschorle und Holundersaft und Tee und so was. Angeblich war ich der Grund. Ich war dreizehn und sollte erleben, wie sich aufgeklärte und mündige Menschen auf einer Party benehmen. Als der älteste Bruder meines Vaters das hörte, stand er auf, fuhr zur nächsten Tankstelle und kam mit fünf Flaschen Fuselwein wieder. Meine Mutter war wütend, mein Vater setzte ihn mitsamt seinen Flaschen vor die Tür. Die restlichen Gäste verabschiedeten sich kurz danach. Das ist die einzige Feier, an die ich mich erinnern kann.

Und wenn du selber Geburtstag hast?

Ich mache meiner Mutter immer ein Geschenk. Weil sie mich geboren hat, sagt er ernsthaft. Hinter ihm spielt eine Panflötentruppe *Jauchzet ihr Himmel*.

Zu Weihnachten haben wir ein Bäumchen, eine Ostheimer-Krippe, und es gibt Kartoffelsalat. Keine Geschenke. Am ersten Feiertag besuchen wir alte Leute im Pflegeheim, am zweiten bringen wir den Obdachlosen selbstgebackenen Kuchen.

Niks erinnert sich an Karens unerbittliche Disziplin. Darf man aber den Nachwuchs zum Sklaven der eigenen Ideologien machen? Als wollte sie Hektor für etwas entschädigen, kauft sie eine Tüte Magenbrot. Schon nach dem ersten Bissen bessert sich ihre Laune ein wenig. Mit spitzen Fingern angelt sich Hektor ein paar Brocken. Sie freut sich an der Gier, mit der er sich Stück um Stück in den Mund steckt. Einen derartigen Drang, etwas aufzuessen, hat sie selbst seit Jahren nicht mehr verspürt.

Hektor bringt die Punschtassen zurück. Am Stand nebenan gibt es Filzpantoffeln. Niks deutet darauf und lacht über die mausgraue Bescheidenheit dieser Schlappen, die sie an alte Schlösser und die Bibliothek von Sankt Gallen erinnern. Sie nimmt einen Pantoffel und stülpt sich ihn über die Finger, bewegt ihn rhythmisch: Kommen wir zum Wetter. Morgen wird ein sternenklarer Tag, die Welt stürzt in sich zusammen und verschwindet im schwarzen Loch von Genf. Niks legt den Pantoffel zurück auf seinen Partner. Sie hat das Bedürfnis, statt des groben Filzes Hektors hart glänzende Haare unter ihren Fingerspitzen zu spüren.

Immer wollte sie andere Menschen anfassen. Die Prinzessinnen aus ihrer Kindheit. Banknachbarinnen mit glatter

Haut, sommersprossigen Näschen, die im Profil noch niedlicher wirkten. Mit üppigem, nach Seife riechendem Haar und quengelnder Stimme: Frau Lehrerin, die Nikola will mich abknutschen. Das Gelächter der anderen Kinder, sie selbst, die ihre Hände flach auf den Tisch legen musste, dann sauste die Lehrerrute und brannte ihr rote Striemen.

Unsere Freiheit ist so gewaltig geworden, dass sie nichts mehr bedeutet, sagt Niks. Unter ihren Füßen liegt schwarzes Eis. Noch immer möchte sie Hektors Haare berühren.

Hektor schiebt seine Hände gleichmütig unter die Klappen seiner Mütze und rubbelt sich über die Ohren, bis diese krebsrot sind. Ich habe meinen Roller da, sagt er. Aber nur einen Helm. Willst du ihn aufsetzen? Dann kann ich dich mit heim nehmen.

Heim. So nennt er ihre Wohnung, das macht Niks einen Moment lang glücklich. Doch den Helm wird sie nicht aufsetzen. Gib mir lieber deine Mütze, schlägt sie vor.

Fahrtwind stößt ihr ins Gesicht wie kalter Atem. Ihre Hände liegen fest gefaltet auf Hektors Bauch; im Interesse der Sicherheit muss sie ihn umarmen. Sie schnuppert nach seinem Jungmännergeruch, aber der Wind ist stärker. Der Helm verdeckt seine Haare. Wenn er bremst, tippt ihre Stirn gegen seinen Helm. Sie fühlt sich geborgen unter der gefütterten Mütze, deren Klappen sie unter dem Kinn zusammengebunden hat, und liefert sich den Vibrationen des Rollers bereitwillig aus. Hektors Schräglage in den Kurven folgt sie mit dem ganzen Körper. Sie weiß, es ist kalt, doch sie merkt es nicht.

Während Hektor den Roller vor dem Haus aufbockt, tritt Niks mit der Hacke gegen die Eispfützen auf dem Trottoir. Hektor sieht ihr zu und lacht. Gibst du mir meine Mütze wieder? Sie zerrt sich das gefütterte Stück vom Kopf und wirft es ihm zu. Mit abgewandtem Blick schließt sie die Haustür auf, geht ein paar Stufen hoch, befreit Weihnachtspost aus dem Briefkasten. Eine Karte von Karen, ein Brief von Nadine in rot-grünem Umschlag, beste Wünsche zu den Feiertagen aus ihrer Apotheke. Die wird sie in der nächsten Zeit wohl häufiger aufsuchen.

Sie läuft vor Hektor die Treppen hoch, öffnet die Wohnungstür und geht in ihr Schlafzimmer, wo sie sich schwer atmend der Länge nach auf ihr Bett fallen lässt. Ein Stechen in der Brust erschreckt sie. Ihr plötzlich aufkommendes Wimmern muss sie gewaltsam unterdrücken.

Auf dem Holzpflock am Rheinbad steht ein Kormoran mit gespreizten Flügeln. Er sieht Niks zu, wie sie mit ganz neuer Vorsicht in die Strömung tritt. Gäbe ihr verdicktes Herz jetzt auf, mitten in der Kälte des grauen Wassers, auf dem noch immer vereinzelte Blätter treiben, niemand würde es bemerken. Doch ihr Herz bleibt friedlich. Unbeeindruckt von der Kälte lässt es zu, dass Niks bis zum Hals untertaucht und ein paar Schwimmzüge macht. Sie merkt, wie ihr Körper fröhlicher wird, doch sie glaubt ihm nicht mehr. Diese Fröhlichkeit ist bloßer Galgenhumor. Sie schwimmt durchs eiskalte Wasser und hofft, es möge sie ein wenig trösten. Ihr Körper aber ist stärker als sie. Ohne sie zu fragen, steigt er aus dem Wasser, trocknet sich ab, zeigt ihr Aderhände und verhornte Füße. Sie fühlt sich machtlos. Nicht einmal gegen einen Körper kommt sie an.

Allein liegt sie in ihrem Bett und starrt auf die zerkratzte Dunkelheit unter ihren Augenlidern. Hektor hat sich zu einer Weihnachtsfeier verabschiedet, bestürzt und ein bisschen beleidigt, weil sie ihm nicht weiter zuhören wollte. So gerne würde sie schlafen, vergessen, doch sie hat auf einmal Angst vor dem Schlaf. Darf sie sich noch von einer einzigen Sekunde ihres Wachseins trennen? So schnell ist ein Leben vorbei, und was hat Niks daraus gemacht? Arme, Beine, alles dazwischen, ein Bauch, ein dicker Herzmuskel, ein Hirn, das es bald nicht mehr geben wird, in drei Jahren, in fünf oder zehn. Womöglich bleibt ihr ja mehr Zeit als Hektor, als Karen, als Ulla, wer weiß das schon. Ein Jammer, dass sie nicht leben wird. Aber wer tut das schon, sagt der *Bladerunner* Gaff. Vor zwazig Jahren fand sie diesen Satz ermutigend, heute ruft er Panik in ihr hervor.

Nach dem Unfall blieb Ulla mehrere Wochen im Krankenhaus. Ihr rechtes Bein war so zertrümmert, dass es nur durch ein kompliziertes System aus Schrauben, Nägeln und Schienen gerettet werden konnte. Niks brachte ihr Säfte, Bücher und Süßigkeiten ans Bett, sprach ihr Trost und Beruhigung zu, reichte ihr Taschentücher und hatte sie zum ersten Mal ganz für sich. Eines Tages, als sie Ulla wie eine dunkle Madonna mit ausgebreitetem Haar auf den weißen Krankenhauskissen liegen sah, küsste sie ihre Freundin auf den Mund. Das hätte ihr Ulla vorher nie erlaubt. Ullas Freunde erschienen nur selten zu den damals noch streng geregelten Besuchszeiten. Ullas Eltern lebten in einer anderen Stadt. Sie kamen an den Wochenenden, ein bestürztes Ehepaar, Niks erinnert sich an die Mutter, die ihre ergrauenden Haare unter einem Hut verbarg und auch im Winter Kostüm und Nylonstrumpfhosen trug. Der Vater war zehn Jahre zuvor aus russischer Kriegsgefangenschaft zurückgekommen, er hatte Hunger, Gewalt und Tod gesehen und verstand seine Tochter nicht. Manchmal stritten sie, bis die Krankenschwester hereinkam und die beiden um Ruhe bat.

  Mein Vater meint bis heute, Deutschland hätte gewinnen sollen, sagte Ulla, nachdem ihre Eltern wieder abgefahren waren. Dabei interessiere ich mich gar nicht für Fußball. Ihr unbekümmerter Überschwang begeisterte Niks. Doch kaum war Ulla aus dem Krankenhaus entlassen, kamen ihre Gesinnungen deutlich braver daher. Hatte sie, wem auch immer, ein Gelübde abgelegt, Sarkasmus gegen Bein? Ihre Ruppigkeit, unter der Niks manchmal so gelitten hatte, wich einem klebrigen Seifenblasenoptimismus. Sobald sich Niks dabei ertappte, über Stunden hinweg nicht an Ulla zu denken, fühlte sie sich schuldig und unabhängig. Ullas Zurückweisungen schmerzten sie nicht mehr.

Ulla merkte es natürlich. Du magst nur unversehrte Menschen, warf sie Niks vor. Wem wirst du von nun an hinterher laufen? Ullas Veränderung war so drastisch. Ihre schwarze Existenzialistentracht wich orangebraunen Sackkleidern und einer schwärmerischen Verehrung für alles Natürliche. Ihre Doktorarbeit über Jean-Paul Sartre brach sie ab zugunsten der *Morphologie des erzählenden Leibes: Gestik und Mimik in den Werken von Goethe bis Steiner*. Doch auch dieses Werk beendete sie nie.

Könnte Niks heute mit Ulla über das Ende reden, das ihnen beiden bevorsteht? Vielleicht hätte sie ihr damals im Krankenhaus besser zuhören sollen, sie fragen, wie sich das anfühlt, wenn der eigene Tod greifbar nah scheint. Hätte Ulla ihr etwas mitteilen können, das ihr heute Hoffnung gäbe? Niks denkt an Ullas Betriebsamkeit, ihr Herumwuseln im Dasein ihrer Kinder – und glaubt nicht daran.

Musikerviertel

Sie klingelt an Ullas Wohnungstür. Eine ehemals hochherrschaftliche Villa mit Tonnendach und Sandsteinfassade. Heute hängen Fähnchen und Windräder an den Balkonen. Ulla wohnt in der Belle Etage, da muss sie kaum Treppen steigen und hat noch dazu die höchsten Räume im Haus. Manchmal jammert Ulla über Heizkosten und all die warme Luft, die sich ungenutzt über dem Deckenlüster ansammelt. Dann hört Niks nicht hin. Ulla hat genug Geld, die Scheidung lief gut für sie, ihr Laden ebenfalls. Sie ist bloß verwöhnt wie eine Treibhauspflanze, musste nie für sich selbst sorgen, immer war jemand für sie da.

Der Summer ertönt. Niks geht durchs Treppenhaus nach oben. Alles ist hier hölzern, selbst der Handlauf, an dem sie mit dem Finger entlangstreicht. In grünen Haremshosen steht Ulla in der Wohnungstür, eine Heilsteinkette um den Hals. Sie trinkt Wasser, das sie vorher durch einen Cocktailmixer geschüttelt hat, um es mit Energie anzureichern. Niks bittet sie um ein Glas direkt aus dem Hahn. Ulla macht große Augen, diskutiert aber nicht. Hat der Junge schon was gefunden, fragt sie stattdessen.

Ich hab einen verdickten Herzmuskel, erwidert Niks.

Ulla lacht jäh, ihre Handflächen reiben aneinander, als wollten sie sich unsichtbarer Schmutzpartikel entledigen. Ach je. Das ist in unserem Alter normal.

Find ich nicht, sagt Niks.

Besser, du verzichtest von jetzt an aufs Schwimmen im Eiswasser. Und was ist mit dem Jungen? Ulla betrachtet Niks unter trägen Augenlidern.

Nichts. Niks lässt ihr Wasser im Glas hin und her schwappen. Sie fragt sich, warum sie Ulla sogar heute noch Rede und Antwort steht. Ulla gibt ein Schnauben von sich. Auf dem Tisch vor ihr halten sich bucklige Weihnachtsmänner aus Filz nur mühsam im Gleichgewicht. Daneben Strohsterne und ein Teller, auf dem sich tönerne Kekse auf täuschende Weise unter die echten mengen. Niks nimmt sich ein Spekulatiusplätzchen, beißt hinein und fragt Ulla nach Peter.

Sein … Liebchen möchte die heiligen Tage mit ihm verbringen. Es klingt, als wollte Ulla gleich ausspucken. Sie sind noch gar nicht verheiratet und schon drängelt sie sich zwischen uns.

Niks ist plötzlich froh, nur sich selbst zu haben, keine aufgesplitterte Persönlichkeit über die halbe Welt verteilt, deren Fragmente man zu den Feiertagen mühsam zusammensuchen muss.

Sie sagt ihm, er wird Vater, bricht es aus Ulla heraus. Gleich nachdem sie ihm eröffnet hat, dass sie ihn nicht einmal liebt.

Warum will sie ihn dann heiraten?

Weil sie faul ist und nicht arbeiten will, deshalb. Das Abwinken gerät bei Ulla zur großen Geste. Niks sieht es amüsiert; sie hat durchaus Sinn für Diven. Ulla gießt sich noch mehr Wasser in den Shaker und schüttelt, bis sich kleine Tropfen auf der Verschlusskappe absetzen.

Dann hat er wenigstens jemanden, wenn du mal nicht mehr bist. Niks weiß, sie muss jetzt vorsichtig sein.

Ulla stellt den Cocktailmixer hart auf den Tisch, ein Weihnachtsmann verliert das Gleichgewicht und fällt auf seine Zipfelmütze. Mein Peter hat doch noch Zeit, sagt Ulla. Es gibt so vieles, was ich gerne mit ihm zusammen gemacht hätte. Mit einer Flasche Sekt aufs Hörnlefloß hinausschwimmen, sie dort trinken und in den Sonnenuntergang sehen. Einen Ausflug auf den Säntis, eine Kanutour im Donautal. So viele Dinge, die ich immer wieder verschoben habe, weil ich mir sicher war, sie laufen uns nicht weg. Und jetzt soll auf einmal alles vorbei sein? Ich hab noch längst nicht genug von meinem Sohn.

Niks reibt sich die Fingerknöchel. Am obersten Gelenk ihres rechten Zeigefingers bemerkt sie eine Verdickung, die sie noch nie gesehen hat. Es sticht ein wenig, wenn sie darüberfährt. Wie viele schöne Dinge in ihrem Leben hat sie selbst zum letzten Mal getan, ohne es zu wissen? Wird sie je wieder Zuckerwatte essen? Ein Open-Air-Konzert erleben? Hinter einem Mikrophon stehen? Sex haben, ein Fußbad nehmen oder nach Dänemark reisen? Es muss schrecklich sein, etwas bewusst zum letzten Mal zu tun. Sich von einem lieb gewonnenen Bewegungsreigen verabschieden und sich einzugestehen: Nie wieder.

Hörst du mir überhaupt zu, fragt Ulla. Ich sagte, vielleicht schneit es mal wieder an Heiligabend. Weihnachten wie im Bilderbuch, hatten wir schon lange nicht mehr ...

Hatten wir das je, fragt sich Niks.

Zu Hause steht sie vor ihrem Kühlschrank und sortiert alles durch. Butter, Hochfettjoghurt, Rohmilchkäse, Eier. Ist sie jetzt dazu verdammt, nur noch fades, gezähmtes Essen zu sich zu nehmen? Der Arzt rät ihr zu cholesterinarmer Nahrung und Ausgewogenheit. In Hektors Fach stehen Energy Drinks und ein Glas Nutella. Sie öffnet es, betrachtet die Löffelspuren und muss lächeln. In so vieler Hinsicht ist Hektor noch ein Junge. Er kann essen und trinken, was er will. Ein selbstverständliches Leben, so sporadisch und so schnell vorbei.

Sie schraubt das Glas zu, holt eine Scheibe Vollkornbrot aus dem Kasten, schmiert ungesalzenen Frischkäse darüber, isst. Sie hat nicht einmal Lust, etwas dazu zu lesen. Dann schiebt sie Brot und Käse zurück in Kasten und Kühlschrank.

Am nächsten Morgen steht Hektor in der Küche und singt zum Radiogedudel. Seine Stimme ist brüchig und nicht besonders tragend, aber immerhin trifft er alle Töne. Dazu schmiert er sich Brötchen aus Erdbeer- und Kiwimarmelade. Als Niks zur Tür hereinkommt, ruft er ihr einen aufgeregtes Moin Moin zu. Er wird nicht nach Hause fahren. Er wird Heiligabend mit ein paar Kollegen verbringen. Seine Mutter weiß das bereits, sie ist wütend auf ihn, aber da muss er eben durch. Vielleicht könnte Niks bei ihr ein gutes Wort für ihn einlegen? Schließlich ist er ja kein Kind mehr.

Was machen denn Dierk und Myra zu Weihnachten? Hektors Messer rutscht zu Boden und schleudert Marmeladenspritzer auf die Kacheln. Ungeschickt bückt er sich danach, wischt mit der Serviette den Boden ab, murmelt vor sich hin. Niks glaubt, ihn trotzdem zu verstehen. Ein Termin auf Sylt. Die Kanzlerin gibt dort ein Weihnachtsinterview.

Die beiden sind für das Interview akkreditiert?

Ich glaube, nur Dierk. Hektor betrachtet den grünroten Fleck auf seiner Serviette. Wir anderen feiern im *Hallmayer*, da gibt es am 24. ein besonderes Weihnachtsbuffet. Diesmal sagt er nichts davon, dass Niks mitkommen solle. Könntest du bitte mit meiner Mutter reden? Auf dich wird sie hören.

Am liebsten würde Niks ihn in die Arme schließen, so sehr freut sie sich.

Am Telefon ist Hans-Peter Scheuermanns Stimme; Niks erkennt ihn auf der Stelle. Ich höre, dass die Frau meines Bruders Kontakt zu Ihnen aufgenommen hat.

Niks fragt sich, wie nah er ihr ist. Seine Worte klingen dunkel vor dem digitalen Knacken der Verbindung. Sie betreiben wohl eine Spitzelarmee?

Auch sein Lachen klingt dunkel. Ich bin ein aufmerksamer Mensch, nichts weiter.

Sie belegen meine Leitung, sagt Niks.

Sie hat kaum Erfahrung mit Nachstellern. Vor Jahrzehnten glaubte sich ein alleinstehender Mann in Niks' Radiostimme verliebt zu haben und wollte sie deshalb kennenlernen. Er ließ nicht locker. Wieder und wieder rief er sie bei der Arbeit an, später auf ihrer Privatnummer. Aus Gutmütigkeit hörte sie ihm bisweilen zu. Er klagte über Arbeitskollegen, die ihn angeblich nicht in Ruhe lassen wollten, seinen Bruder, dem er Geld geliehen habe, das er selbst so dringend brauche. Er wollte Niks zum Essen einladen, doch sie lehnte ab. Wenigstens zum Kaffee, drängte er und überredete Niks zu einem Treffen in der Senderkantine. Dort lamentierte er fortwährend über die Getränkepreise, bis ihm Niks entnervt Bier und Doppelkorn bezahlte und sich von ihm verabschiedete. Von da an legte sie auf, wenn er anrief. Er begann, ihr Drohbriefe zu schreiben, in denen sich Wut und Trauer die Waage hielten. Niks reagierte nicht darauf. Eines Abends passte er sie beim Parkplatz neben ihrem Auto ab und brüllte los. Weshalb sie ihn verlassen habe, wer ihr neuer Freund sei, und was der von ihm erleben könne. Mit zitternden Fingern öffnete Niks die Fahrertür, ließ sich auf den Sitz fallen, drückte auf die Zentralverriegelung. Er riss an der Beifahrertür und klatschte mit beiden Händen gegen die Scheibe. Als Niks den Motor startete, stellte er sich ihr in den Weg. Mit geschlossenen Augen gab sie Vollgas und machte sich trotzig auf den Zusammenprall zwischen Metall und menschlichem Körper gefasst. Stattdessen hörte sie einen erschreckten Wutschrei. Sie öffnete die Augen. Im letzten Moment musste er zur Seite gesprungen sein.

Ich möchte mich gern mit Ihnen treffen, sagt Scheuermann. Und einiges klarstellen. Zu meinem Bruder und seiner Frau.

Niks lacht, sie habe nicht viel übrig für Klatsch und

Tratsch. Aber er könne sein Anliegen gern schriftlich formulieren. Daraufhin bricht er das Gespräch ab, ohne ihr adieu zu sagen.

PARADIES

Niks sitzt im monotonen Grau des vierten Advents, grübelt über Menschen nach, die vor ihrem Heiland knien. Kniendes widert sie an. Sie fühlt sich wie eine kranke Pflanze und denkt, sie wollte es ja so. Was kann die Welt dafür, dass ich vor mich hinstarre, unfähig zu lesen, Radio zu hören oder fröhliche Gedanken zu hegen? Ich habe auf etwas Größeres Appetit. So ist es mit Geistern und Vorlieben. Einmal herbeigerufen, wird man sie nicht mehr los.

Hektor bleibt also über Weihnachten hier. Das Telefongespräch mit Karen hat er Niks überlassen. Karen ist wütend und beschuldigt Niks, Hektor in seinem Egoismus zu bestärken. Als Mutter versuche sie stets, ihren Sohn zum Großmut zu erziehen. Ob er etwa doch eine Freundin habe. Niks hört, wie Karens stochernde Fragen in ein lang anhaltendes Weinen übergehen. Sie verfolgt Stakkatoschluchzer und Klagetöne, die hoch hinaus wollen und immer wieder abgewürgt werden. Das Gespräch endet unerfreulich.

Als Hektor hereinplatzt, mit blanken Backen und Winterkälte in den Klamotten, bringt er leuchtende Farben in Niks' Grau. Er trägt ein Netz Mandarinen, einen knallroten Nikolaus und eine riesige Tafel Schokolade, die in dunkelgrünes Seidenpapier eingeschlagen ist. Vom ersten Chocolatier am Platze. Er küsst Niks auf die Wange, so überschwänglich und erleichtert, dass es sie durchfährt. Sein erstes Weihnachten außer Haus, wie aufregend! Vorsichtig legt er die Sachen vor sie hin. Ich wünsche dir einen frohen vierten Advent.

Er ist ja noch so ein Junge, freut sich arglos auf seine vermeintliche Freiheit. Am liebsten würde Niks ihn umarmen, ihn warnen und bei sich behalten. Wo hast du das denn alles gefunden? Heute ist Sonntag!

In der Stadt haben alle Läden auf, sagt er eifrig.

Ihr fällt ein, dass auch sie etwas für ihn besorgen könnte. Im Kaufen von Geschenken hat sie keine Übung. Ulla ist die Einzige, der sie zu Festtagen eine kleine Aufmerksamkeit vorbeibringt: eine Tüte Tee, ein Taschenbuch oder ein Tiegelchen Tiger-Balsam.

Vielen Dank, sagt sie viel zu leise, doch Hektors Begeisterung reicht für beide. Die Schokolade ist ganz hell und es ist Chili drin. Das passt zu dir.

Ich lass dich kosten, wenn du mir sagst, warum.

Hektors Lächeln ist schelmisch. Seine hochblonden Haare überstrahlen die Mitbringsel. Na, du bist weiß und schön und noch ganz schön scharf.

Mehr wird er Niks nicht schenken können, dafür möchte sie ihm auch etwas geben: Deine Mutter hat nie Süßes gegessen, als sie jung war. Sie meinte, es vertrage sich nicht mit dem Tanzen. Dabei liebte sie Schokolade. Ich habe sie mal dabei erwischt, wie sie heimlich das Silberpapier aus dem Mülleimer holte, um es auszulecken. Ich bot ihr an, von jeder Tafel ein Stück für sie übrigzulassen. Doch sie wollte nicht.

Das sieht ihr ähnlich. Hektors Lächeln ist verschwunden. Hastig knöpft er sich die Jacke wieder zu. Ich bin schon wieder weg. Dumme Redaktionssitzung, aber lass es dir ruhig schmecken!

So ist sie, die Jugend. Immer auf dem Sprung.

Vor Jahren hatte Niks einen jungen Stubenkater; sie nannte ihn Waldi. Abend für Abend kam er zu ihr aufs Sofa und räkelte sich maunzend auf ihrem Bauch. Sie lauschte dem

Knacken in seiner Nase, dem leisen Schmatzen und Seufzen, mit dem er sich, fast schon im Traum, die Pfötchen leckte. Wenn sie sein Klo mit der Siebschaufel reinigte, hielt sie den Atem an und dachte an lächelnde Mönche in orangefarbenen Gewändern. Waldi lauerte Staubflusen auf, vollführte Drehungen in der Luft, rannte Gürtelschnallen hinterher und änderte blitzschnell die Richtung, dabei rutschten seine Ballen quietschend über den Dielenboden. Nachts machte er sich Niks' Füße zur Beute, umkrallte sie und biss mit seinen spitzen Zähnen hinein. In der Hoffnung auf Futter streckte er den Kopf in alles Hohle, sein Schnurren ließ sogar die Nachttischlampe erzittern.

Man schränkt sich ein, wenn man seinen Lebensraum mit einem anderen Wesen teilt, muss sich disziplinieren, Rücksicht nehmen: Routinehandlungen ergeben einen Sinn, den ein simpler Katzenschnupfen kurzerhand wieder ausradieren kann.

Das Telefon klingelt, es ist Hilda. Niks freut sich, dass sich jemand bei ihr meldet.

Doch Hilda klingt angespannt. Man rufe fortwährend bei ihr an, häufig nachts um drei und jetzt werde sie nicht mehr ans Telefon gehen und ob Niks eigentlich ihre Handynummer habe.

Niks weiß es nicht, lässt sich die Nummer vorsichtshalber geben. Sie hat einen Zettelkasten mit Adressen, Namen und Visitenkarten. Während sie nach ihrem Notizblock greift, sagt Hilda, sie werde Anzeige erstatten.

Aber du weißt doch, wer dahintersteckt.

Ja. Und er soll auch wissen, dass ich es weiß. Wirst du mir beistehen?

Niks sagt notgedrungen ja.

Hilda redet noch über die Beerdigung und ihre Familie

und ihren Anwalt, dann verabschieden sie sich voneinander. Niks legt den Notizblock zurück in den Zettelkasten.

SEERHEIN

Unten am Wasser ist es trostlos. Die Natur hat keine Ahnung von besinnlicher Weihnachtsstimmung. Ein toter Spatz liegt am Ufer in einer vergammelten Fischreuse auf grünlichen Schlammsteinen. Niks mag die Steine nicht. Sie rutschen schmerzhaft weg, wenn man auf sie tritt. Dann muss Niks hässliche Bewegungen machen, bis das Wasser tiefer wird und sie von ihrem Gewicht erlöst. Inzwischen ist der Fluss kälter als die Luft, kein Nebel steigt mehr aus den Wellen. Niks' Fingerspitzen werden taub. Hier im Wasser würde sie nur wenige Minuten überleben. Zum Ufer kriecht sie auf allen Vieren. Dann richtet sie sich auf, drückt Feuchtigkeit aus ihren Haarspitzen und greift nach dem Handtuch.

Guten Abend.

Sie hat ihn nicht kommen sehen, dafür ist es schon zu dämmrig. Er tritt aus dem Dunkel einer Weißtanne ins Laternenlicht, schaut sie an und dann an ihr herunter. Kann ich Ihnen helfen?

Sie erkennt ihn und schämt sich. Als alte Frau allein im Park, nur mit einem Badeanzug bekleidet, und das am vierten Advent!

Bitte treten Sie doch ein Stück zur Seite. Ich muss mich umziehen.

Er tut es, ohne seinen Blick von ihr zu nehmen. Niks überlegt, wo ihre Schlüssel sind. Sie hat keine Lust, ihm den Rücken zuzuwenden.

Kommen Sie wegen Hilda? Was hat sie eigentlich vor? Sie greift nach ihrer Jacke. Streift sie über den nassen Badeanzug, steigt in ihre Hosen und hofft, dass der feucht werdende Stoff zwischen ihren Beinen unsichtbar bleibt.

Das würde ich gern von Ihnen erfahren, entgegnet er. Sie wissen, was für mich auf dem Spiel steht.

Niks bückt sich und hebt einen der glitschigen Steine auf. In der späten Dämmerung erscheint er fast schwarz wie das Wasser, wie der Mann.

Lächerlich, sagt er.

Scheuermann! Was für ein Name! Niks ruft ihn, laut und mehrmals. Sie hofft, ihre Stimme werde so weit tragen wie früher beim Radio. Scheuermann! Wir kennen dich!

Peinlich berührt umklammert er seine Ellenbogen.

Um diese Zeit ist der Park ein unpassender Ort für eine Frau.

Ab einem gewissen Alter wird jeder öffentliche Ort unpassend für eine Frau. Man hört auf, sich darüber Gedanken zu machen.

Sie halten sich für etwas Besonderes, oder? Sie glauben, Sie können tun und lassen, was Sie wollen.

Winterlichter tauchen am anderen Ende des Parks auf. Diffuses Strahlen von Autoscheinwerfern durch unbelaubte Bäume. Es hat angefangen zu schneien. Ich muss gehen, sagt sie. Mir ist kalt.

Ich hatte mal einen Klienten. Scheuermann hält eine autoritäre Hand nach oben. Es ging um das Sorgerecht für seinen Sohn, eigentlich eine banale Sache. Die Frau erzählte wilde Geschichten über ihn, versuchte, sein öffentliches Ansehen zu ruinieren. Sie war nicht die Einzige. Sie hatte Freundinnen, enge Vertraute. Wir sprachen mit ihr, erklärten ihr, dass Rufmord ein schweres Vergehen sei. Aber sie wollte nicht hören. Heute sitzt sie in einer psychiatrischen Anstalt, so kann das enden.

Und? War was dran an den Geschichten?

Scheuermann winkt ab, Niks dreht sich um und geht. Jetzt muss sie ihm doch den Rücken zuwenden. Auf knisterndem Waldboden duckt sie sich unter Ästen hinweg und bekommt Schnee in den Nacken. Die Autoscheinwerfer gehören zu einem schwarzen SUV, schräg gestreift vom Niederschlag. Er rollt auf sie zu, drängt sie in Richtung Böschung, bis sie stehen bleibt und mit harter Handfläche gegen den Kühlergrill haut. Der SUV hält an. Das Seitenfenster senkt sich lautlos. Der Fahrer ist nur eine Silhouette.

Hoppla, sagt er.

Das willst du doch gar nicht, sagt Niks mit heiserer Stimme und schlägt noch mal auf die Haube. Eine schöne Delle ins hässliche Auto. Bring lieber deinen Herrn nach Hause. Sie tritt um das Auto herum, geht zwanzig Meter bis zur Hauptstraße. Dort sind Menschen und andere Fahrzeuge. Dann beginnt sie zu laufen. Die kalte Nässe ihres Badeanzugs zwingt sie dazu.

Paradies

Hellwach liegt sie in ihrem Bett und horcht auf Hektors Rückkehr. Sie hat die Kälte mit unter die Decke genommen, unter Wollsocken und Thermowäsche und fühlt sich verquer gut gelaunt, obwohl sie doch schlafen sollte.

Sie steht auf, zieht sich einen Morgenmantel an und Pantoffeln über die Socken. In der Küche wärmt sie Milch in einem Topf und gibt Honig dazu. Sie schlürft laut, verbrennt sich den Gaumen. Das Heiß-Kalt des Winters: Kerzen, Schnee, Glühwein, Eis, Wärmflaschen und Ostwinde bei zwanzig Grad minus; keine andere Jahreszeit bietet so viel Kontrast. Hochnebel, Sonne, lange, schwarze Schatten, blendendes Weiß. Und erneut fragt sich Niks, ob sie im nächsten Winter noch da sein wird.

Das Warten langweilte sie früher selten, immer hatte sie ein Buch dabei. Arztpraxen und Bänke vor den Büros von Chefs oder Professoren verloren so einen wichtigen Teil ihres Schreckens. Doch wenn ein gewisser Zeitpunkt einmal überschritten war, überfiel sie eine nervöse Müdigkeit, die es ihr unmöglich machte, weiterzulesen. Es musste einen Weg geben, die Zeit zu beschleunigen! Statt Löcher in die Luft zu starren, zog sie sich die Schuhe von den Füßen, dröselte sich die Haare auf oder räumte ihre Tasche leer, wohl wissend, dass genau im ungünstigsten Moment die Tür aufgehen und nach ihr gerufen würde. Merkwürdigerweise schien dieser Trick zu funktionieren. Aus diesem Grund kam sie häufig ein wenig derangiert daher, wenn sie irgendwo vorgeladen wurde. Als hätte man sie bei einer peinlichen Beschäftigung gestört. Doch jetzt fällt ihr absolut nichts ein, womit sie Hektor herbeiholen könnte.

Er stolpert kurz vor dem Morgengrauen mit aufgeheiztem Gesicht und einer gehörigen Fahne in die Wohnung. Er ahnt gar nicht, wie laut er ist und wirkt verblüfft, als er Niks in Pantoffeln und Morgenmantel am Küchentisch sitzen sieht. Fang du nicht auch noch damit an. Seine Aggressivität ist Niks neu. Hektor hält sich an der Tischkante fest, beugt sich zu ihr hinunter, starrt ihr in die Augen. Ich glaub fast, ich bin wieder bei meiner Mutter.

Niks denkt an Karen. Endlose Nächte, Streitereien zum Sonnenaufgang, Verlustangst. Kalte Einsamkeit, verursacht durch die Abwesenheit eines vertrauten Körpers. Man betrachtet sich selbst ohne den anderen. Sorge treibt einen durch die Zimmer, bis der andere zurückkommt und der Zorn die Oberhand gewinnt.

Ich bin schließlich erwachsen, sagt Hektor. Niks hält ihm die Schokolade entgegen, die überhell aus der Folie herauslugt.

Es ist deine. Doch Hektor bricht sich ein Stück ab, zerkaut es geräuschvoll. Die Trunkenheit hat ihn grob gemacht, irgendwie unfähig, etwas leise oder auf ansehnliche Weise zu tun. Niks schaut ihm zu, wie er auf der Schokolade herumschmatzt, dann räumt sie das restliche Stück in eine Schublade.

Hoffentlich hast du das Taxi genommen.

Die anderen haben mich hier abgesetzt. Hektor klingt nachlässig. Dierk ist gefahren, er hat den ganzen Abend nur Cola getrunken.

Ich dachte, er sei bei der Kanzler-PK.

Er fährt morgen. Heute. Also, nachher. Mit diesem Geständnis unterläuft Hektor ein Grinsen. Er kann sein Glück immer noch nicht fassen.

Natürlich schläft er lange. Die Sonne hat das Grau des Dezemberhimmels längst unterbrochen und tut so, als wäre sie nie weg gewesen. Dabei ist es kalt. Niks steht am offenen Fenster und atmet beißende Luft, die in ihrer Klarheit andere Winterdüfte überdeckt. Sie fröstelt in ihrer Steppweste. Manchmal denkt sie, ihr Leichtsinn hätte sie schon längst forttragen müssen zu Gefilden, in denen es kein Heiß und Kalt mehr gibt. Aber noch ist sie hier, nimmt Raum ein, gefangen im Film ihres eigenen Daseins.

Hinter einer blattlosen Kastanie lugt die Zipfelmütze eines aufblasbaren Weihnachtsmannes hervor. Dort werden Christbäume verkauft. Familienväter wuchten Tannen in Netzen auf die Ladeflächen ihrer Kombis, in denen Kinder mit biblisch bürgerlichen Vornamen sitzen. Jonas, Noah, Lea. Paul. Schwarze Schrift auf rotweißen Warndreiecken an der Heckscheibe. Die jungen Männer sehen ernst aus. Sie tragen ihre Bäume wie eine große Verantwortung. Sie glauben an Wachstum. Niks wird Hektor nachher bitten, ihr auch einen

Baum zu holen. Den ersten eigenen Weihnachtsbaum ihres Lebens. Doch sie wird keine Krippen in Nussschalen daran hängen. Keinen Ochs, keinen Esel. Stattdessen könnte sie Champagnerkorken mit Goldfarbe bemalen, Euronoten zu Engelsflügeln falten und sich Märchen erzählen von einsamen Festen im Schneegestöber einer Glaskugel.

Ob sie Heiligabend dieses Jahr mit ihnen verbringen möchte, fragt Ulla am Telefon.

Niks ahnt schon, warum. Ihr Sohn Peter zieht es vor, seine schwangere Braut vor der mütterlichen Inquisition zu bewahren. Statt seiner kommen bloß die kinderlosen Töchter.

Was der Junge mache, erkundigt sich Ulla.

Er feiert mit seinen Freunden. Niks wickelt sich das Hörerkabel um die Hand. Ihr Telefon ist uralt, mit schwerer Wählscheibe und einem schrillen Glockenton, der immer zu plötzlich für sie kommt. Nachts legt sie ein Kissen darüber.

Er sollte bei seiner Familie sein, sagt Ulla.

Niks denkt an Karens Wut, ihre Tränen, ihren gespannten Willen. Gönn ihm doch sein bisschen Freiraum, Ulla. Ich danke dir für die Einladung und freue mich sehr, ein paar Stunden mit euch zu feiern. Aber ich will zu Hause sein, wenn er zurückkommt.

Hältst du dich etwa für seine Mutter?!

Er braucht im Moment keine Mutter, Ulla.

Jeder braucht seine Mutter. Nur, weil du selbst nie eine richtige hattest, musst du sie anderen nicht ausreden.

Das langsame Weggleiten, das Verschwimmen im Grau. Niks' Mutter hatte Parkinson, eine Krankheit, die sich langsam durch ihren ganzen Körper zog. Sie kämpfte, wie sie gegen alles gekämpft hatte, schlitzäugig, mit schmalen Lippen und zitternden Händen. Es dauerte lange, bis sie wahrhaben wollte, dass sie krank war. Therapien kostete sie bis zur Neige aus, ließ nichts verkommen, warf nichts weg. Gleichzeitig fühlte sie sich unwohl in den Händen der Ärzte, Mechanismen ausgeliefert, die sie nicht verstand und die sie ängstigten. Mit Niks sprach sie nie über ihre Krankheit, nicht einmal, als es mit ihr zu Ende ging. Stattdessen wurde sie böse, hieb mit ihren ausgemergelten Armen nach den Schwestern, die sie waschen und füttern mussten. Niks nahm sich Bücher mit ins Krankenhaus, um die langen Stunden an der Bettkante ihrer Mutter zu überstehen. Die Hoffnungslosigkeit schien sich im Grau der Bettwäsche zu spiegeln, im matten Aufleuchten der Neonröhren und dem Schnalzen ärztlicher Holzlatschen, das durch lange Gänge immer näher kam, um schließlich vor dem Krankenzimmer zu verharren. Bis heute macht Niks das Zusammenprallen von Holz und Ferse nervös, es klingt zu sehr nach Hiobsbotschaft. Fass mich nicht an, sagte ihre Mutter zum Schluss. Ich habe keine Träume mehr, es ist vorbei. Und sie ließ Niks allein am Bettrand stehen wie bestellt und niemals abgeholt.

Musikerviertel

Ein tiefroter Tischläufer, auf dem Engel und Weihnachtsmänner aus bunt bemaltem Pappmaché stehen. Es riecht nach Braten. Ulla hat eine Keksschale vor eine Kerze gestellt, Tannenzweige säumen den Tischläufer. Vier Platzteller, umrahmt von Besteck, Champagnergläsern und daumengroßen Schäfchen aus Märchenwolle. Wandlampen malen Lichtsäulen auf die Seidentapete. Vor der Terrassentür ein Weihnachtsbaum mit matten Glaskugeln und einzelnen Lamettafäden.

Ulla breitet die Arme aus. Hier sind meine Töchter Gabi und Susi. Und sie ist Niks, ihr wisst, wir kennen uns seit Langem.

Ullas Töchter sind eine Überraschung. Eine blond, eine dunkel. Harte, sportgestählte Körper, beide gut gekleidet. Geübtes Lächeln, korrekte Umgangsformen, nichts Bleibendes. Niks hätte wohl Mühe, sie in anderer Umgebung wiederzuerkennen.

Freut mich, sagt sie.

Wer möchte Champagner? Ulla klatscht in die Hände, als wollte sie sich selbst applaudieren für ihre emsige Vorbereitung, ihre schöne Wohnung, ihre aparten Töchter. Einen Muntermacher für Geist und Seele?

Die blonde Gabi holt eine Flasche aus dem Kühlschrank, entfernt die Silberfolie und umspannt den Korken mit kräftigen Fingern, zieht ihn heraus. Na dann! Der Korken knallt gegen das Terrassenfenster. Mit geziertem Aufschrei hebt Ulla ihr Glas und betrachtet die perlende Flüssigkeit. Das ist ja schon fast wie Silvester. Ihr Lachen kippt weg und Niks merkt erst jetzt, wie betrunken Ulla ist.

Susi, die dunkle Tochter, trägt einen Pferdeschwanz, kürzere Strähnen ragen ihr seitlich ins Gesicht. Sie lächelt. Vorsicht, Mutter. Lass uns auch was übrig.

Sie stehen im Kreis und prosten einander zu. Susi betrachtet Niks ungeniert über ihr Sektglas hinweg. Das muss wirklich schon lange her sein. Ihr Lächeln trübt sich keinen Moment. Meine Mutter hat heute ganz andere Freunde.

Niks denkt an ihre einfallslosen Geschenke, die noch verpackt draußen im Flur liegen. Eine hochwertige Fleecedecke für Ulla, zwei Gläser Honig für die Töchter, zu mehr hat es nicht gereicht.

Niks war immer eine Ausnahme, sagt Ulla. Sie wollte das Besondere. Ich war auch mal besonders. Heute habe ich Gabi und Susi.

Und Peter, sagt Gabi. Und bald eine Schwiegertochter und ein Enkelkind.

Das hab ich ganz bestimmt nicht euch zu verdanken. Ullas Glas ist schnell leer, sie nimmt ihrer Tochter die Flasche aus der Hand und schenkt sich nach, trinkt aus. Dann stellt sie das Glas beiseite und klatscht noch einmal in die Hände. Zu Tisch, zu Tisch!

Es gibt Feldsalat mit Speckwürfeln, dann Kürbis-Kartoffelsuppe unter einem Gitter aus Balsamicocreme. Gabi möchte wissen, was Niks von Rundfunkgebühren hält. Susi taucht nur die Spitze ihres Löffels in die Suppe und isst zierlich, Ellenbogen dicht am Körper.

Über alles hinweg schnattert Ulla vom netten Verkäufer am Marktstand, der ihr beim Einkauf immer Komplimente macht. Der findet mich ganz apart. Er hat mir sogar mal ein Trollblumensträußchen gepflückt. Aber ihr wisst ja. Sie winkt ab. Ich bin eine alte Frau. Pflichtschuldig murmeln die Töchter zarte Proteste. Die Kürbissuppe schmeckt fad. Niks kann kein Salz ausmachen, bloß Spuren von Ingwer und einem bitteren Gewürz.

Ich weiß nicht. Ulla legt den Löffel weg und zupft mit den Fingerspitzen am Tischläufer. Manchmal denk ich, mein Leben ist längst gelaufen.

Mamma! Beschwichtigend streicht Susi über Ullas Handrücken. Schau nicht so trübe drein, das passt nicht zum Fest der Liebe. Es geht dir doch gut!

Gut, gut, was heißt schon gut! Gut für euch. Gut, dass ihr euch nicht um mich kümmern müsst. Ulla lehnt sich nach vorne, schaut ihre Töchter eindringlich an. Ich weiß doch, wie froh ihr seid, dass ich euch nicht brauche.

Der Pferdeschwanz ist Susi über die Schulter gefallen, sie wirft ihn mit beiden Händen nach hinten. Gabi gähnt hinter vorgehaltenen Fingern. Niks hat ihren Suppenteller leer und denkt an Hektor.

Hauptspeise ist ein Truthahn aus dem Ofen. Dazu Kartoffeln, Rotkraut und gebratene Orangenscheiben. Susi nimmt Ulla die Schere aus der Hand und schneidet das krachende Fleisch. So was machen Hebammen, sagt sie. Und du wagst mir vorzuwerfen, dass ich das nicht will? Ulla hält den Kopf schief, murmelt die Worte normal und Natur.

Gabi kratzt sich am Ohr. Ihr rechter Arm wirkt kräftiger als der linke. Spielt sie Tennis? Oder Squash? Niks senkt den Blick und hat auf einmal keinen Appetit mehr. Nein, sagt Susi. Normal ist für jeden etwas anderes, und ich hab nicht viel übrig für Gleichmacherei, da kann deine Familienministerin noch so viel Babypropaganda absondern. Das ist ja faschistoid.

Niks muss ihr den Teller hinüberreichen; sie hält ihn zu schräg. Ein Stück Truthahn schlittert in ihre Richtung. Oh Verzeihung. Gabi tut ihr Rotkraut auf. Ich möchte nur eine Kartoffel. Vielen Dank.

Tatsache ist, sagt Ulla, du bist viel zu egoistisch.

Und eins zu kriegen ist etwa nicht egoistisch, fragt Susi hochfahrend, traut sich aber nicht, ihrer Mutter dabei ins Gesicht zu sehen. Bloß, um ein verpfuschtes Leben durch ein neues zu ersetzen. Lächerlich. Es ist nicht mein Job, dir deine Träume zu richten.

Ullas Gabel zittert, ihre Linke streicht immer wieder über den Tischläufer. Verpfuscht, sagt sie und bemüht sich sichtlich um Gleichgewicht. So hätte ich das nie ausgedrückt.

Ich mach mal den Rotwein auf, verkündet Gabi.

Ulla ist begeistert von ihrer neuen Decke. Mehrmals nimmt sie Niks in den Arm, drückt ihr links und rechts Küsschen auf die Wangen. Darunter werde ich gut schlafen können. Ihre Stimme klingt leiernd, ihr Atem zeugt von vielerlei Gärungsprozessen.

Im Radio läuten Glocken. Diesig leuchten die Lämpchen des Weihnachtsbaums, Süßkram verbirgt sich zwischen Tannennadeln: Miniaturspazierstöcke aus Zucker, bunt verpackte Bonbons, Elche aus Schokolade. An der Spitze thront ein Rauschgoldengel mit ausgebreiteten Flügeln. *Faith* steht auf seinem Heiligenschein. Gabi schraubt ihren Honigtopf auf und schaufelt sich mit dem Zeigefinger ein paar Tropfen zäher Masse in den Mund. Der ist gut, sagt sie auf Niks' fragenden Blick hin. Ich brauch das manchmal.

Ihr genüssliches Schlotzen erinnert Niks an TV-Erotikmagazine spät in der Nacht. Susi sitzt derweil auf dem Sofa und mustert Ulla mit finsterem Blick. Zu ihren Füßen ein halb ausgepacktes Geschenk. Zwischen Papier und Schleife lugt ein roter Pulloverärmel hervor. Susi trägt unterschiedliche Schuhe, fällt Niks auf. Links ein Stoffturnschuh, rechts ein Filzpantoffel. Vielleicht ein neuer Modetrend? Auf dem Weihnachtsmarkt hat Niks neulich eine Frau gesehen, die eine Tasche auf dem Kopf trug wie eine Mütze, Henkel über den Ohren. Kein Mensch drehte sich nach ihr um, das hätte es früher nicht gegeben; es finden sich tatsächlich noch Freiheiten, die wachsen.

Du hast uns immer zum Einkaufen mitgeschleppt. Susi knüllt den Pulloverärmel zurück ins Papier. Als wären wir Schoßhunde. Wenn wir brav waren, gab's ein Leckerli.

Gabi stellt den Honigtopf zur Seite. Lass Mamma in Ruhe, Susanne. Deine Kindheit interessiert niemanden mehr. Du verhältst dich wie diese vergrämten Juden, die auf keinen Fall vergessen wollen, was man ihnen angetan hat. Mach was draus, statt ewig nur rumzunörgeln.

Ulla reagiert nicht. Zwischen ihren Händen scheint die Decke lebendig. Die Glocken sind verstummt. Niks möchte Ulla die Hände auf die Schultern legen, ihr zu verstehen geben, dass sie nicht auf ihre Töchter eingehen muss. Doch ihre Berührung löst bei Ulla heftiges Wegducken aus, einen unartikulierten Schrei, der nicht verstanden werden will.

So hat sie das schon immer gemacht, sagt Susi. Liebesentzug. Und wir saßen da und mussten raten.

Was hast du denn für mich, Ulla, fragt Niks sanft. Kein Geschenk?

Ulla sieht zu ihr hoch. Stirnfalten verleihen ihrer Mimik im Licht des Weihnachtsbaumes die Wutstarre eines gepeinigten Sünders. In ihren Augen schwimmen farblose Kontaktlinsen. Tränenflüssigkeit besaß Ulla zeitlebens genug.

Da ist doch was für Sie. Gabi bückt sich unter den Baum und fördert ein winziges Päckchen zutage, eine kleine Karte aus rohem Papier hängt daran.

Ich zentriere mich
heute nur noch
auf Menschen
die auch
diesen wunden Blick
auf das Besondere haben.

Ullas ernste Mädchenschrift ist mit den Jahren zittrig geworden. Schnörkel und Schlaufen haben Dellen bekommen, die junge Linie ist dahin. Ulla verfiel irgendwann auf die Idee, das kleine R mitten im Wort groß zu schreiben. Später versuchte sie gar, mit links zu schreiben. Am Ende wirkt Ullas Handschrift immer ein wenig zusammengestückelt.

Alles Gute zu Weihnachten!

Das ist alles. Keine Anrede, keine Unterschrift. Niks fragt sich, ob Ulla wohl Einheitskarten zu Weihnachten schreibt. Sie dreht das Päckchen um. Eine kleine Schachtel kommt unter dem Papier hervor. Unbemalte Pappe, direkt aus dem Bastelladen. Zugeklebter Deckel. Mit den Fingernägeln kratzt

Niks die Tesafolie ab. Eingehüllt in Seidenpapier liegt ein goldener Ring im Schächtelchen. Verwundert nimmt ihn Niks zwischen Daumen und Zeigefinger. Es ist ein Ehering. Auf der Innenseite Datum und Name.

Da hast du ihn endlich, sagt Ulla. Mir war er schon seit Jahren zu eng.

Niks hält den Ring fest und sieht über Ulla hinweg. Einen Namen, der vor vielen Jahren mal ein besonderer war, darf man nicht fallen lassen. Ich kann ihn nicht annehmen. Er gehört deinen Kindern. Wenn du ihn nicht mehr willst.

Das ist ja ganz was Neues. In ihren Filz- und Baumwollfetzen kniet Ulla unter dem Weihnachtsbaum. Susi und Gabi sitzen zurückgelehnt, als ahnten sie etwas. Ich wollte nicht mit dir darüber reden. Ulla zieht sich ein Kissen heran, lässt sich darauf fallen und verknotet ihre mächtigen Beine zum Yogasitz. Du hättest dich wieder einmal herausgewitzelt, wie du es immer getan hast, wenn es brenzlig wurde. Und ich dachte, na ja, wenigstens hab ich die Kinder. Sollte das nicht für mich sprechen? Tat es aber nicht.

Behutsam packt Niks den Ring zurück ins Seidenpapier. Hättest du nicht dasselbe getan?

Hab ich aber nicht. Ich hatte ja die Kinder.

Der Weg von der unbeschwerten Studentin zur verantwortungsvollen Hausfrau war sicher steinig für Ulla, doch sie ging ihn konsequent. Niks konnte ihr nur hinterhergucken. Und die Krümel aufsammeln, die übrig blieben.

Ich hab dir das nie verziehen, damit du es weißt.

Nun bietet Ulla mit ihren Töchtern eine Front. Die drei ahnen nicht mal, wie ähnlich sie sich sehen mit ihren Schmollmündern, ihren harten Blicken, ihren strengen Gesichtern, eingerahmt von blondem, schwarzem und grauem Haar. Drei Scherginnen. Bei Streitereien richten sich die Loyalitäten schnell entlang der Familiengrenzen aus.

Mama, ist das wahr? Die Blonde.

Vor Jahren hat Papa mal so was erzählt. Das ist die Dunkle. Er sagte aber, dass du …

Ach Quatsch. Jetzt wird Ulla resolut. Männer sagen das immer, um von ihrem eigenen Unvermögen abzulenken. Tatsache ist, ich war schwanger mit dir und es lief nicht mehr viel, und sie hat das ausgenutzt. Meine beste Freundin.

Daran kann Niks sich nicht mehr erinnern. Sie sitzt ganz still. Hat sie eine Abzweigung in ihrem Leben schlicht übersehen? Ulla hatte viele Verehrer, doch sie heiratete Leander, vermutlich, weil sein Name so poetisch klang. Leander war unautoritär. Ein melancholischer Geist. Dunkelhaarig, schmallippig. Susi könnte diese Schmallippigkeit von ihm haben.

Champagner und Rotwein sind versiegt. Niemand geht in die Küche, um eine neue Flasche zu holen. Niks fühlt sich wie ein Fisch, der mit vielerlei Listen gefangen wurde und nun auf dem Trockenen liegt, den ungerührten Blicken der Angler ausgesetzt. Fehlt nur noch, dass sie nach Luft schnappt, wie damals mit Leander. Sie erinnert sich, er hatte weiche Haare und Ohrläppchen wie Flügelmuttern. Wenn sie die Arme um ihn legte, dachte sie nicht an Ulla, die währenddessen zu Hause saß und ihr zweites Baby stillte. Er beklagte sich über die Frauen. Wie wandlungssüchtig sie seien, besonders nachdem sie Kinder geboren hätten. Immer wieder hatte er sich in Niks' Wohnung eingefunden, vorgeblich, um sich bei ihr auszusprechen. Niks glaubt sich zu erinnern, manchmal sehr laut geworden zu sein. Ein junger WG-Bewohner aus der tieferen Wohnung pflegte ihr im Treppenhaus anzüglich zuzuzwinkern. An das Gesicht dieses jungen Mannes kann sie sich heute besser erinnern als an das von Leander.

Geh, sagt Ulla. Geh und nimm deine Decke mit. Sie ist zu betrunken, das Fleecematerial zusammenzuraffen, packt es mit beiden Händen und merkt gar nicht, dass sie auf einem Zipfel sitzt. Etwas reißt.

Scheißqualität, murrt Ulla und wirft Niks die Decke ins Gesicht. Susi und Gabi sagen kein Wort dazu.

MÜNSTERPLATZ

Vor dem Kirchengemäuer ist Weihnachten abwesend, keine Kerze, keine Lichterkette leuchtet mehr. Der Himmel verrät nichts vom Wetter. Alles ist starr und kalt, und die Luft bleibt auf der Stelle. Niks hat sich die zerrissene Decke über Kopf und Mund gelegt, mit ihrem Mantel wird sie jetzt aussehen wie eine Muslima, schamhaft nach innen zurückgezogen, außen nur Augen und Stoff. Doch es ist niemand da, der das sieht.

Das Kopfsteinpflaster wirkt rutschig. Niks muss runde Sohlen machen, ihre Winterstiefel vorsichtig auf den Boden setzen und spüren, ob sie nachgeben. Es ist zwei Uhr nachts; sie hat einen weiten Weg hinter sich. Eine sonderbare Müdigkeit hat sich etabliert, die jedoch nichts mit der Entfernung oder der Uhrzeit zu tun hat. Die Müdigkeit scheint in der Welt selbst zu liegen. Der schwarze Himmel ist schwer geworden, von irgendwoher hat sich Druck aufgebaut, dem jedes Lebewesen eigenen Druck entgegensetzen muss. Niks spürt, wie sie mit jedem Schritt kleiner wird, zu implodieren droht. Die Decke nimmt ihr die Luft. Sie hält die Arme über Kreuz, klemmt sich die Finger in die Achselhöhlen, biegt die Handgelenke, bis es weh tut.

Vor dem Kirchenportal liegt ein Schlafsack. Davor eine Grabkerze. Entfernter Klang einer Orgel, oder bildet sie sich das bloß ein? Am Seiteneingang liegen noch mehr Schlafsäcke, die Tür ist verschlossen. Ihr feuchter Atem steigt Niks in die Wimpern. Sie hört Tonleitern in rollender Basslage, allmählich schrauben sie sich höher. Religiös anmutende, mechanische Töne, Fußübungen, so spät in der Nacht? Niks zieht sich die Decke vom Kopf, lehnt ihre heiße Stirn gegen den Sandstein. Erst als ihre Augen wieder trocken sind, geht sie weiter. Sie erreicht die Laube, überquert die leere Straße. Der Zebrastreifen liegt unter orangefarbenem Licht. Ein Gully gähnt aus dem Boden, und das Laternenlicht bricht sich auf den Streben. Fast erwartet Niks, Hände zwischen den Streben zu entdecken. Ich will hier raus. Vor einem Jugendstilgebäude nickt ein Rentier mit leuchtendem Kopf. Bäume, Gartentörchen, Treppenaufgänge, Klingelschilder unter Klebestreifen. Café Gitterle: das Gefängnis um die Ecke. Gleich wird sie zu Hause sein.

Paradies

Am Küchentisch sitzt Hektor: bebende Schultern, in den Armen vergrabener Kopf. Neben seinen Fingern liegt ein Päckchen mit dem Namen eines ortsansässigen Juweliers. Also nichts mit Myra. So oft tritt das Voraussehbare ein. Krisen, Skandale, der Jammer eines eben dem Teenageralter entwachsenen Jungen. Obwohl er keinen Laut von sich gibt, scheint er Niks nicht zu hören. Was finden die Jungs bloß an Frauen wie Myra? Niks ist missmutig, weil er sie immer noch nicht zur Kenntnis nimmt. Sie zieht ihren Mantel aus und lässt ihn auf den Boden rutschen. Holt sich ein Glas Wasser aus dem Hahn. Hektor hängt über dem Tisch, als hätte ihn da jemand hingeworfen.

Myra ist nun doch mit Dierk nach Sylt gefahren. Kaum hatte Hektor Zeit, ihr das Päckchen zu überreichen. Sie wickelte es aus, klappte den Deckel hoch und gab es ihm wortlos zurück. Er will sie nie wieder sehen.

Niks überlegt, was sie ihm raten soll. Du bist zu gut für sie. Da wo die herkommt, gibt es noch viele andere. Es geht ihr nicht über die Lippen. Sie sollte ihn hier sitzen lassen und ein paar Stunden schlafen. Der Optimismus ihrer Mutter kommt ihr in den Sinn. Die Zeit heilt alle Wunden. Du bist doch noch so jung. Lass dich nicht unterkriegen. Wer zuerst kommt, mahlt zuerst. Aus. Ende. Stell dich nicht so an. Hast du deiner Mutter überhaupt schon frohe Weihnachten gewünscht?

Hektor erstarrt, dann blickt er auf und lacht ein irres Kinderlachen. Sie streckt die Hand aus, streicht über sein Haar, das ihm jetzt in starren Strähnen über den Augen hängt. Vor wenigen Tagen hat er sich für Myra einen Undercut schneiden lassen. Die neue Frisur lässt ihn markanter erscheinen, männlicher, selbst in untröstlichem Zustand.

Es ist drei Uhr morgens, Hellwachzeit für die Mutlosen. Wie viele Menschen liegen gerade großäugig in ihren Betten, wohl wissend, dass ihre Sorgen zu dieser Tageszeit realer scheinen als sonst? Zeit der Einsicht. Niks steht hinter Hektor, legt ihre Hände auf seine Schultern, spürt seine jugendliche Wärme, riecht den metallischen Duft, der aus seinen tieferen Regionen steigt. Er dreht den Kopf, sieht ihr ins Gesicht. Frohe Weihnachten, sagt er. Ein Gruß wie eine Waffe. Seine Haare pieksen sie, als sie ihre Wange dagegen legt. Sie glaubt, ihn lächeln zu hören, das Schmatzen seiner Lippen. Mit dem Rücken zu ihr hebt er die Arme, legt sie ihr um den Hals. Er riecht nach Spuren von After Shave, nach Schweiß. Sein Hemd fühlt sich feucht an. Sie erwischt einen Knopf, fummelt ihn durch das Knopfloch.

Hey, du könntest meine Oma sein.

Sie lacht, seine Stimme klang so weich wie ein Kompliment. Ich bin niemandes Oma. Ich hab mich aus allem rausgehalten.

Seine schweißnasse Haut ist glatt. Kein Vergleich zu den Brusthaaren, die sie aus ihrer Jugend kennt. Junge Leute gestalten sich ihre Körper heute selbst, dafür brauchen sie keinen Schöpfer mehr. Er schnappt nach Luft, sein Bauch wölbt sich nach innen. Doch er bleibt sitzen. Sie hält ihn fest. Die Glätte seiner Haut ist der reine Wahnsinn, wann hat sie so etwas zum letzten Mal gespürt? Sein Gürtel ist aus weichem Leder, jedes einzelne Loch stabil eingefasst. Sie löst die Schnalle, die Spitze des Dorns rutscht ihr unter einen Fingernagel. Weiter unten wölbt es sich. Sie denkt an Karen, an Ulla und empfindet nichts dabei. Sein Gesicht ist verkehrt herum, oben das Kinn, sein Lächeln gerät so zur trübsinnigen Grimasse. Ein Gesicht im Gesicht, sie möchte es ignorieren.

Er hat die Augen geschlossen, reckt sich ihr entgegen. Der Gummizug solcher Shorts, die aus viel zu viel Stoff bestehen. Enge Hosen, weite Shorts, wie geht das zusammen? Aber so ist die Mode, herrschsüchtig und lächerlich und immer irgendwie unpraktisch. Auf dem Gummizug steht ein Name, den sie nicht kennt und den sie jetzt nicht lesen wird. Ein harter Hintern. Fitnessstudiostahl. Er dreht sich zu ihr um, sinkt vor ihr in die Knie, verkriecht sich unter dem Saum ihres Kleides. Seine Hände schieben etwas beiseite, finden ihre Pobacken. Wo haben die Jungs das nur her, lernen sie es in der Schule? Sie steht mit angehaltenem Atem. Sein Kopf unter ihrem Kleid, ein runder Bauch. Sie ist schwanger mit ihm. Sie war noch nie schwanger. Es fühlt sich besser an, als sie erwartet hätte. Mit sechsundsechzig Jahren schwanger werden: ein postmoderner Traum. Doch was wird jetzt daraus? Die ziehende, fordernde Nähe entstehenden Lebens?

Sie legt ihre Hände auf die Bauchkugel, Federkielhaare stechen durch die weiten Maschen ihres Pullovers, darunter ein runder Hinterkopf. Sie zieht den Pullover ein wenig höher. Ihre Hände finden einen warmen Nacken. Was tut der Junge bloß mit ihr? Sie zittert, die Knie werden ihr weich, Boden und Junge kommen ihr abrupt entgegen, doch von irgendwem wird sie weich aufgefangen. Sie sieht kein Gesicht, keine Hände, keine Schultern, keinen Rücken, nur eine runde Form mit pieksenden Haaren. Sie klammert sich an ihm fest, schaukelt hin und her, hinein in seine Wärme. Hört ihre eigene Stimme … hat Niks je gewusst, zu welchen Höhen die sich aufschwingen kann, ohne brüchig zu werden? Musste Niks sechsundsechzig Jahre werden, um das zu erfahren?

Ein später Weihnachtsmorgen.
Gedämpftes Raunen. Hektor telefoniert in seinem Zimmer. Niks liegt unter ihrem Kissen. Ihr Nachthemd ist nicht neu, wie es sich für solch eine Nacht gehört hätte, sondern alt und rissig, und die Bescherung ist vorbei. Schamgefühle klopfen von außen an und dringen langsam in ihr Innerstes. Ein daunengefülltes Oberbett wird Niks auch nicht davor schützen. Außerdem muss sie aufs Klo.

Vorsichtig schiebt sie ihre Füße über die Bettkante und stippt mit den Zehen auf den Boden, um sich zu vergewissern, dass er nicht nachgeben wird. Dann sucht sie nach ihrem Morgenmantel. Normalerweise hängt der am Türhaken. Heute tritt sie darauf, statt ihn herunterzunehmen. Ihre Haare fühlen sich wirr an. Sie fährt mit den Händen hindurch und riecht Talg an ihren Fingerspitzen. Sie wird sich selbst zunehmend peinlicher, dabei hat sie noch nicht mal ihr Schlafzimmer verlassen. Sie öffnet die Tür nur einen Spalt, drückt sich hindurch. Hektors Stimme klingt müde und gleichzeitig so, als müsste er sich gegen seinen Anrufer wehren. Das kann ihm Niks nachfühlen. Weihnachtstag. Nikolaus hat den Kamin längst verlassen und seine Geschenke hoffentlich wieder mitgenommen. Niks muss kichern, ist ja wirklich obszön, ein dünnes Altfrauenkichern, sie tut sich selbst in den Ohren weh. Mit wem wird sie jetzt noch reden können?

Sie geht aufs Klo. Versucht, keine Geräusche zu machen. Hört Hektor im Flur, wäscht sich die Hände. Fummelt minutenlang an ihren Haaren, die ihr erschreckend dünn vorkommen. Mit der Lesebrille auf der Nase schiebt sie sich dicht ans Spiegelglas, entdeckt rosa Haut unter weißen Haarsträhnen. Zu weiteren Bestandsaufnahmen fehlt ihr der Mut. Es ist ein Vorrecht des Alters, schlecht zu sehen.

Katergefühle kennt sie. Beim Radio ging man mit den anderen Redakteuren nach der Spätschicht zum Cocktailtrinken in die Niederburg. Wer am nächsten Tag Frühschicht hatte, musste in der Lage sein, auch mit Kopfschmerz zu moderieren. Im Laufe der Nacht schienen die Wände auf einen zuzukommen, abgestandene Luft wurde zu einer kuscheligen Zudecke, und spätestens nach dem dritten Cocktail wollte keiner mehr nach Hause. Verbrauchte Kameradschaften erschienen einem plötzlich frisch und aufregend, man hielt die Zigarette zwischen zwei Fingern und betrachtete fremd gewordene Gesichter dahinter, die nun viel geheimnisvoller wirkten als noch vor wenigen Stunden am Bürotisch gegenüber. Man wusste, man würde für solche Stimmungen jedes Mal bezahlen. Aber das machte nichts. Man war ja noch jung. Oder jedenfalls nicht alt.

Sie wird sich doch wenigstens in die Küche trauen. Durch den Spiegel fletscht sich Niks eine Grimasse zu, dann geht sie erhobenen Hauptes hinaus. Doch Hektor ist nicht da. Niks füllt den Kocher mit Leitungswasser, schaltet ihn ein. Sie hat es sich längst abgewöhnt, Filterkaffee zu machen. Stattdessen holt sie eine Dose mit löslichem Kaffeepulver aus dem Schrank. Das Rauschen des Wasserkochers lässt sie Hektor überhören, der mit gesenktem Kopf in die Küche tritt. Sie erschrickt.

Hi.

Er sieht elend aus, ganz fahl und demütig. Wortlos nimmt er einen Becher aus dem Schrank, löffelt Kaffeepulver hinein und stellt ihn neben den Wasserkocher. Mit Brodeln und einem Klick schaltet sich der Kocher ab.

Niks holt sich auch einen Becher, füllt beide bis zum Rand.

Oh, tut mir leid.

Hektors Becher ist übergelaufen, braune Tropfen triefen nach unten wie eifrige Kaulquappen und ergeben einen kreisförmigen Rand auf der Anrichte. Wortlos krallt Hektor seine Finger um das Gefäß, zögert, wendet sich Richtung Tür.

Hast du deine Mutter schon angerufen?

Mit beiden Händen hebt Hektor den Becher zum Mund. Frierend, Wärme suchend. Er schaut sie an. Trinkt, verbrennt sich dabei die Zunge, ohne sie aus den Augen zu lassen. Sie weiß, sie hat ihn aufgestört, oder war es anders herum? Es ist so schwer, etwas zu sagen, wenn man es sofort tun muss. Jäh stellt er seinen Becher ab, geht aus der Küche. Niks zerrt sich einen Stuhl heran und lässt sich schwer darauf nieder.

Was sie bloß machen sollen, fragt Hilda. Schon wieder das Telefon. Hildas Handy hat schlechten Empfang, und ihre brüchige Stimme ergibt wenig Sinn. Niks überlegt, was Hilda am anderen Ende der Leitung gerade tut. Spricht sie etwa und badet gleichzeitig ihre Hände in blubbernder Seifenlauge? Niks spürt Muskeln in ihrem Inneren, wo sie nie welche vermutet hätte. Wie kann sie sich jetzt bloß auf Hilda konzentrieren? Sie hat komplett vergessen, was Hilda von ihr will.

Stattdessen fällt ihr Ferdinand ein, der Bekannte aus den fernen Tagen, dessen Fächer sie auch vergessen hatte. Er hatte einen netten Haaransatz, sobald die Pomade einmal herausgewuschelt war. Frisch frisiert roch er leicht zitronig. Komisch, dass ihr das gerade jetzt einfällt. Seine kerngeseiften, peinlich sauberen Hände. Die dunklen Bars jener Zeiten. Seine Haare, in denen sie so gern herumkraulte. Deren kräftige Spitzen sich zwischen ihren Fingerkuppen und Nägeln verfingen und ein kitzelndes Gefühl hervorriefen, sobald sie sich lösten. Sie war verrückt nach diesem Kitzel. Stundenlang hätte sie ihm so durchs Haar fahren können. Bis er sich losmachte und mit sanftem Kopfschütteln auf sie heruntersah. Solche Affenliebe, sagte er. Wenn du ein Kind hättest, würdest du es wohl erdrücken? Sie legte ihm einen Zeigefinger über den Mund. Schweig stille. Ich brauch keine Voraussagen. Ich bin jetzt hier. Mit dir. Doch Ferdinand schwieg nicht gerne. Immerzu musste er mäkeln, mahnen, urteilen. Ihre Frisur, ihre burschikosen Hosen, die Veränderung der Welt. Die Afrikanerin zieht sich an, die Europäerin zieht sich aus. Nennst du das etwa Fortschritt? Fehlt nur noch, dass Frauen Fußball spielen und Männer die Kinderwagen schieben. Alles gerät aus den Fugen. In solchen Momenten musste sie lachen über seinen treuen Ernst. Lach nicht. Wir bauen etwas auf, etwas Bleibendes, Naturgegebenes. Es klang wie auswendig gelernt. Ich möchte mal gesunde Kinder haben. Keine Medikamente. Kein ständiges Herumknuddeln. Vor allem für Buben ist das schädlich.

Niks fragte sich, weshalb er ihr diesen Vortrag hielt. Seine Haare hatte er mit *Brylcreem* schon längst wieder zurückgekämmt und seine leicht schräg stehenden Zähne auf der Herrentoilette geputzt. Er musste nach Hause, Holz spalten für seine Vermieterin, das war Teil seiner Pflichten, dafür bekam er die Bude billiger. Das eingesparte Geld deponierte er auf dem Postsparbuch, jeden Monat wurde es mehr. Niks lächelte. Sie glaubte ihm durchaus. Hau dir nichts in den Fuß, sagte sie, und er zahlte die beiden Gin Tonic, deren leere, schwere Gläser mit den Zitronenschnitzen darin noch auf dem Bartresen standen. Drei Mark, sagte er, so viel Geld.

Doch als sie anbot, selbst für ihr Getränk zu bezahlen, winkte er ab. Soweit kommt's noch. Nächstes Mal trinken wir was Einfacheres. Nach Hause begleitete er sie nicht.

Ich hab Angst, sagt Hilda plötzlich ganz klar. Ich hab Scheuermann die Polizei auf den Hals gehetzt, ich will eine einstweilige Verfügung, aber er streitet natürlich alles ab. Jetzt dreht er heimlich Videofilme von mir, sobald ich mich auf der Straße zeige, und am nächsten Tag liegt eine DVD in meinem Briefkasten. Wie in dem Film *Lost Highway*, kennst du den? Ich entdecke ihn nie, so oft ich mich auch umgucke. Jedes Mal zeigt mich die Aufnahme aus einer anderen Perspektive. Als wollte er mir sagen, sieh her, ich kann dich erwischen, wo und wann ich will. Du bist da auch mal mit drauf. Beim Baden im Fluss. Sag mal, ist das zu dieser Zeit nicht furchtbar kalt?

Niks wünscht sich, Hektor wäre in der Wohnung. Doch er ist am frühen Nachmittag geflüchtet, ohne ein Wort zu ihr zu sagen. So geht das nicht weiter. Sie muss unbedingt mit ihm sprechen. Vielleicht könnte sie ihm entschuldigend über den Kopf streichen und ihm versichern, es sei nicht so gemeint gewesen. Er würde sie anlächeln, seine unrasierte Wange an ihre legen und sagen, wie gerne er bei ihr bliebe. Vielleicht könnten sie von nun an eine echte Wohngemeinschaft bilden, ihr Essen teilen und gelegentlich auch die Abende. Warum eigentlich nicht?

Wahrscheinlich macht er's nicht mal selbst, sagt Hilda. Einen Helfershelfer findet er immer. Er hat ja genug Geld. Oder er hat sich eine von diesen Drohnenkameras organisiert, du weißt schon, diese ferngesteuerten, die fliegen können. Niks zupft am Telefonkabel und gähnt. Sie hat zu kurz geschlafen, sie weiß nicht, wann sie das letzte Mal um vier Uhr morgens zu Bett gegangen ist. Jetzt hat sie Gliederschmerzen und möchte sich hinlegen. Lass uns morgen reden, sagt sie. Auf einmal klingt Hilda ganz laut. Also gut, wir treffen uns morgen. Ich komm bei dir vorbei, so gegen elf?

Doch Niks möchte Hilda nicht in ihrer Wohnung haben, nicht morgens um elf Uhr, wenn Hektor gerade aufsteht. Gehen wir lieber mittags in der Stadt etwas essen, schlägt sie vor. Zum Glück ist Hilda einverstanden.

Der träge Hochnebel lässt kein bisschen Sonne zu ihr durchdringen. Im Morgenmantel hat sich Niks wieder ins Bett gelegt und wartet auf das Ende des ersten Weihnachtstages. Das Fenster ist fest geschlossen. Sie will nicht hören, wie Kinder draußen ihre neuen Spielzeuge ausführen. Auch keine Kirchenglocken. Gegen den Gongklang vergehender Zeit versucht sie, sich mit dem Kissen die Ohren zuzuhalten. Selten hat sie sich so niedergeschlagen gefühlt. Sie ist nervös, übermüdet, kann auf keinen Fall schlafen. Also liegt sie einfach da und starrt auf den Nebelhimmel.

Ihr Kleiderständer ragt ihr seitlich ins Blickfeld, gleich wird er umfallen. Alles wirkt so gebogen, sobald sie nicht genauer hinsieht. Kater? Eine Makula-Degeneration? Oder bloß ein akuter Anfall von Heulsusigkeit? Als alte Frau hat man so viele Möglichkeiten. Das Wasser ist auch keine Lösung. Nicht heute. Nicht, wenn der Park voller Menschen ist, die dort umherschlendern, um ihre Festtagsmahlzeiten zu verdauen.

Vielleicht … wenn Hektor mitkäme. Er weiß nichts von ihrer Liebe zum kalten Wasser. Doch er ist immer noch nicht da. Bei wem hat er sich bloß versteckt?

Diese Frage schreit ihr Karen entgegen, die Stunden später unten an der Haustür klingelt und unbedingt reingelassen werden will. Eine lapidare SMS habe ihr Hektor zu Weihnachten geschickt, sonst nichts. Jetzt wolle sie wissen, was für eine Frau das sei, die ihn derart durcheinander bringe. Und ob sich Niks zur Abwechslung nicht mal um ihn kümmern wolle, statt selbstmitleidig und kaum zurechtgemacht in der Wohnung vor sich hin zu brüten.

Karens Besuch ist für Niks ein guter Grund, sich endlich das Gesicht zu waschen, sich zu kämmen und etwas Ordentliches anzuziehen. Lass uns woanders reden. Am Ende der Straße gibt's eine Kneipe, die hat auch am ersten Weihnachtsfeiertag offen. Ich brauch was zu trinken, hier ist nichts da.

Karen schüttelt verweisend den Kopf, sie ist erst bereit, mitzukommen, als Niks schon in Mantel und Schuhen im Hausflur steht. Was hast du bloß, du bist ja völlig durch den Wind. Und wenn mein Junge jetzt kommt?

Niks behält ihren Daumen auf dem Lichtschalter, damit das Treppenlicht an bleibt. Lass uns gehen. Er ist nicht da, die sind alle rauf nach Sylt, zur Pressekonferenz mit der Kanzlerin. Es kann Tage dauern, bis er zurückkommt.

PETERSHAUSEN-WEST

Das *Halbstark* wird von einem Schwulenpärchen betrieben, das sich wegen der hohen christlichen Feiertage keine Sorgen macht. Ursprünglich eine kleine, rauchige Eckkneipe, ist es mittlerweile zu einem Schmuckstück der Pubkultur geworden. Starke Farben kontrastieren mit schiefergrauem Steinboden und zur Weihnachtszeit überall Putten. Dicke Putten an den Wänden, kleine, gipserne, mit goldenen Flügeln auf den Tischen und der Bar. Armleuchter recken brennende Kerzen gegen die verspiegelte Decke. Blickt man nach oben, wird einem schwindelig vor lauter Flammen. Elektrisches Licht gibt es nur hinter der Bar. Ein weinroter Vorhang vor der Eingangstür hält die Winterkälte draußen. Es ist leer.

Marc und Florian stehen Seite an Seite hinterm Tresen und sehen zu, wie sich Karen aus ihren verschiedenen Schichten schält. Weste, Jacke, Pulli. Die Ärmel ihrer Bluse schiebt sie sich über die Ellenbogen.

Jetzt hör mal zu. Ich weiß nicht, was das soll. Ich habe meinen Sohn respektvoll erzogen. Das bedeutet, er vertraut mir und meldet sich regelmäßig. Seit einiger Zeit macht er das aber nicht mehr. Kannst du mir erklären, wieso nicht?

Florian nähert sich auf weichen Sohlen und bringt die Speisekarte. Im Kerzenlicht wirken seine Augen tiefliegend und unstet; er lächelt freundlich. Darf ich euch unseren wunderbaren Weihnachts-Soratex anbieten? Das ist Sekt mit Orangensirup und grünem Tannennadel-Extrakt.

Ich will bloß eine Tasse Tee. Sagt Karen unwirsch und schaut kritisch auf Niks, die sich ein Viertel Cabernet Sauvignon bestellt. Niks versucht, den Rotwein zu genießen, sie weiß, sie sollte etwas essen, doch ihr ist gar nicht danach. Weihnachtslieder im Drum&Bass-Rhythmus schallen durch verborgene Boxen, soll das nun besinnliche Ironie sein? Sie könnte Florian danach fragen. Sich selbst und die anderen nicht so ernst nehmen, darauf sollte sie hinsteuern. Zum Beispiel Karen und Hilda. Oder Ulla. Sie sucht nach Worten. Karen starrt sie an. Ich verstehe überhaupt nichts von dem, was du mir sagst.

Niks fühlt sich erschöpft, das Erklären lag ihr noch nie.

Ich ruf ihn an. Karen zückt ihr Smartphone. Ihre Finger wischen über das Display. Sie murmelt vor sich hin, wischt erneut, murmelt und legt das Smartphone unsanft zurück auf den Tisch. Immer die Box. Das macht mich noch wahnsinnig.

Lass ihn, sagt Niks sanft. Er ist schließlich erwachsen.

Deshalb wird er trotzdem mit mir reden, faucht Karen.

Niks trinkt. Ihr fällt nichts Besseres ein. Die Wärme des

Weins umschließt sie allmählich wie eine Decke und unterlegt Karens Stimme mit einem wohltuenden Rauschen. Es ist ein bisschen wie früher, wenn sie mit Kollegen trank. Auch damals gab es laute Stimmen, vor allem die von Scheuermann, und es wurde im Laufe der Abende immer wichtiger, sie auszublenden. Scheuermann schmeckte nach Zigarre. Und ein wenig metallisch, säuerlich. Das kam vermutlich vom Lithium. Seine eisgrauen, langen Locken trug er meistens in einem losen Zopf über der Schulter zusammengebunden. Enge, schwarze Lederhosen. Heute wäre das einfach nur lächerlich. Doch er trank damals Pinot Noir, genau wie Niks. Sie war froh über jedes Thema, das weitab von allen Hörfunkbelangen lag. Also gab sie vor, ihm zuzuhören, wenn er sich über Rebsorten ausließ, über Weinkeller mit eigenen Quellen, über markante Säurestrukturen und vollmundigen Pfeffergeschmack. Nach acht Stunden Schicht musste sie nur nippen und nicken und sich ihren Gedanken überlassen. Am Ende hatte er sie um die Schulter gepackt und mit sich ins Freie gezogen. Von der kalten Winterluft musste sie husten. Er presste seinen Mund auf ihren, als wollte er jeden Laut unterdrücken, der nicht von ihm kam. Im Taxi und selbst in seiner Wohnung ließ er sie nicht los. Eine typische Junggesellenbude. Am Wochenende fuhr er heim zu seiner damaligen Frau nach Stuttgart. Beigefarbene, gesichtslose Sofas. Eine Edelstahlküche, die seltsam verstaubt und ungenutzt wirkte. Ein schwarzer Bettüberwurf. Zwischen Nachttisch und Stehlampe klemmte eine aufblasbare Gummipuppe. Mir wär nach einem Dreier, sagte er. Niks starrte auf den kreisrund geöffneten Mund der Puppe. Dafür sind wir zu alt, Scheuermann. Immer sagte sie Scheuermann. Niemand rief ihn je beim Vornamen. Er mixte Gin-Tonics. Klimpernde Eiswürfel in schweren Gläsern. Niks saß auf dem Bettrand und presste sich die Hände an die Schläfen. Das Rauschen war stärker geworden und hielt ihn auf Abstand. Seine Berührungen drangen nur schwach zu ihr durch. Als seine Hände quietschend über den Bauch der Gummipuppe fuhren, klang das wie ein Zirpen. Mach was du willst, sagte Niks. Er ließ sich schwer auf ihr nieder, zerrte an ihren Klamotten. Weißt du, sagte er. Wenn ich heimkomme, schaut mich mein Sohn jedes Mal an, als ob er mich hassen würde. Ich bin die ganze Woche unterwegs. Sehe zu, dass der Laden läuft. Und glaub bloß nicht, dass mir das immer nur Spaß macht. Okay, ich gönne mir gelegentlich etwas Ablenkung, wie jetzt mit dir. Doch im Grunde arbeite ich, damit die zu Hause ihr Essen auf den Tisch kriegen. Und dann guckt mich mein Sohn so an. Hier. Trink noch was davon. Hm hm, sagte Niks. Er drückte sich in sie hinein und sie krallte sich an seinen Schultern fest. Dein Sohn ist ein Halbstarker, Scheuermann, sagte sie undeutlich, den Mund in seiner Halsbeuge vergraben. Er will frei sein und führt stattdessen ein ödes Leben unter der Fuchtel der Erwachsenen. Und da erwartest du, dass er dich freundlich ansieht. Bei den letzten Worten ging ihr beinah die Luft aus. Er hielt ihr die Gummipuppe vors Gesicht. Puppenmord, sagte Niks. Wie im Film. Aus ihrer zerzausten Frisur zog sie eine Haarnadel und stach sie so fest in die Puppe, dass sie mit lautem Knall zerplatzte. Scheuermann brüllte auf. Niks schob die fleischfarbenen Plastikfetzen vom Bett, setzte sich gerade hin. Er stieß sie zurück. Was sie sich eigentlich einbilde. Sie solle bloß froh sein, dass er sich um sie kümmere. Was sie denn machen wolle ohne ihn. Ohne Geld, ohne ihren Job. Niks starrte ihm ins Gesicht, bis sie nur noch Einzelheiten sah. Sein zerklüftetes Kinn. Das rötliche Netzmuster auf seinen Wangen. Sein Adamsapfel, auf und ab. Woher hatte er bloß diese Energie? Mit letzter Kraft wälzte sie sich unter ihm weg und tastete nach ihren Klamotten. Ich seh dich dann morgen bei der Redaktionssitzung. Sein Wutgebrüll verolgte sie bis auf die Straße.

Er ist nicht mehr er selbst, seit er bei dir ist. Karens Augen sind rot. Merkwürdigerweise steht jetzt ein leeres Schnapsglas vor ihr. Du lässt ihn nicht allzu oft allein, oder?

Niks' alte Hände liegen flach auf dem Holztisch. Schrecklich. Grobe Knöchel, dünne Haut, wulstige, dunkle Adern. Wie konnte sie sich einbilden, mit solchen Händen etwas zu bewirken? Es ist eine Farce. Sie selbst ist eine Farce. Sie hätte Hektor nie aufnehmen dürfen. Ihre Pigmentmale beflecken seine Jugend, wie schändlich. Was hat sie sich nur dabei gedacht?

Karen, sagt sie. Hör mal zu.

Doch Karen will nicht hören, sie will nur erzählen. Von Einsamkeiten und Ängsten. Von Ballettstunden. Vom Dehnen und Überdehnen. Vom Essen und Brechen. Vom Sturz in der Dusche, der ihre Bühnenträume jäh beendete. Meine Knochen waren morsch. Mein strenger Vater, der kein Mitleid zeigen wollte. Mein untreuer Ehemann. Mein Leben spielte sich immer zwischen Männern ab. Ich wollte es allen recht machen, darin war ich gut. Dann kam Hektor.

Niks tippt leicht gegen ihren Weinkelch, damit er zu schwingen beginnt, hält ihn sich ans Ohr. Er klingt wie der Gongklang des Alters, und Karen redet weiter, begleitet vom Schwingen und einer traurig anklagenden Note in der Stimme.

Ich glaube, ich hab ihn nie verstanden. Er ähnelt seinem Vater.

Niks fragt sich, was in aller Welt sie mit dieser Auskunft anfangen soll. Weshalb kommt Karen damit zu ihr? Sie tippt erneut gegen das Glas. Einige Schlucke sind noch drin, einer für Mama, einer für Papa, einer für das kleine Monster, das sich erlaubt hat, erwachsen zu werden. Schmeckt gut, der Wein, bloß der Abschiedsschmerz setzt immer früher ein, mittlerweile schon beim halbvollen Glas, dessen Tonhöhe steigt.

Karen schaut sie gar nicht an, redet, gestikuliert, hält sich die Stirn. Das Glas hat jetzt genau die richtige Stimmung. Am besten noch eins, ein volles, fürs andere Ohr. Niks winkt Florian. Er kommt, lächelt sie über Karens Stimme hinweg an. Niks deutet auf den Weinkelch, hebt den Finger, er hat verstanden.

Hektors Entfremdung. Seine Ferien beim Vater, und wie er jedes Mal mit einer neuen Monstrosität zu Karen zurückkam. Einer transportablen Stereoanlage. Einem Laptop. Film-DVDs und Computerspiele mit muskulösen, dunklen Männern und leicht bekleideten Frauen auf dem Cover. Ein Luftgewehr. Karen nahm ihm das Zeug weg und schickte es zurück. Dann sprach Hektor wochenlang nicht mit ihr. Der Junge, dem er schließlich das Notebook klaute, war sein bester Freund, Jonathan. Karen sorgte sich um die soziale Intelligenz ihres Sohnes. Im Internet stieß sie auf das Montessori-Projekt »Erdkinder« und schickte Hektor für ein Studien- und Arbeitsjahr auf ein ehemaliges Rittergut im brandenburgischen Reichenberg. Sie erlegte sich auf, ihn kein einziges Mal dort zu besuchen, das war hart für sie. Halbtot geschuftet hat sie sich, um sein Schulgeld zu bezahlen.

Florian kommt mit Niks' Wein.

Karen sieht verärgert auf, reibt sich die Nase und bestellt einen Obstler. Halbtot. Sein Vater wollte nichts beisteuern. Sagte, Hektor vertue damit wichtige Lebenszeit. Er solle lieber eine Lehre machen. Dabei hat es Hekie so gut getan. Als er zurückkam, war er ein neuer Mensch, ausgeglichen, rücksichtsvoll, verantwortungsbewusst. Es war fast zum Fürchten.

Karen nimmt einen großen Schluck.

Auf einmal kam er mir wieder so nahe. Die Badezimmertür ließ er offenstehen, es machte ihm nichts aus. Ständig umarmte er mich. Als wollte er kompensieren, so lange weg gewesen zu sein. Mama, sagte er immer. Warum bist du denn allein? Und ich kapierte, dass ich alt geworden bin. Auf einmal war er es, der sich Sorgen machte. Um mich.

Karen legt die Hände vor die Augen, ihre Finger bohren sich in ihren Haaransatz. Doch sie weint nicht. Sie krallt sich an sich selbst fest, weil niemand sonst zum Festhalten da ist.

Nur Florian nähert sich. Alles okay bei euch?

Es ist Weihnachten, sagt Niks und gibt ihm mit den Augen ein Zeichen. Ich werde dann zahlen.

Florian hat einen überlangen Geldbeutel, ist das nicht unpraktisch? Sachte nimmt er das Geld aus Niks' Hand, verstaut es geräuschlos in verschiedenen Fächern für verschiedene Scheine und gibt ihr das Wechselgeld. Seine Finger wirken träge und gleichzeitig routiniert. Wir sind aus der Zeit gefallen, sagt er.

Wie bitte?

Draußen geht ein Feiertag zu Ende. Nur wir sitzen hier, und alles ist wie sonst. Normal. Das ist nicht gut. Wir sollten erkennen, dass Normalität eine Ausnahme ist. Sie ändert sich ständig. Wir sollten ihr nicht nachlaufen.

Niks stützt sich auf den Tisch und stemmt sich hoch. Ihre Gelenke knirschen, alles scheint eingerostet.

Karen starrt sie an, vor sich das leere Obstlerglas.

Komm. Niks hält Karen beide Hände entgegen. Es nützt doch nichts. Wir suchen dir ein Hotel und morgen fährst du wieder heim. Er wird sich bei dir melden.

Sie ist ganz ruhig. Nichts und niemand wird sie dazu bringen, Karen heute noch einmal über ihre Schwelle zu lassen. Sie winkt Florian zum Abschied, bestellt Grüße an Marc, der schon vor einer halben Stunde in die Küche verschwunden ist, und führt die unsichere Karen an der Hand aus dem Lokal, behutsam, als wäre Karen ein Kind.

PARADIES

Ich muss mit dir reden. Hektor reckt seinen verstrubbelten Kopf durch den Türspalt zu Niks ins Schlafzimmer.

Sie hat ihn gar nicht kommen hören, zu sehr war sie damit beschäftigt, sich nach links und rechts zu drehen. Ihr Bettzeug raschelte, in ihrem Nacken knackte ein Wirbel, der morgens immer knackt, und zwar überlaut. Karen hat sich am Abend zuvor widerspruchslos im Bahnhofshotel abladen lassen. Hektor schlief schon, als Niks nach Hause kam. Sie traute sich nicht, ihn zu wecken, schlich auf Zehenspitzen über die Dielen, putzte sich nicht mal mehr die Zähne. Dafür ist der Morgengeschmack in ihrem Mund heute umso ekliger. So kann sie Hektor nicht gegenübertreten.

Im Bad lässt sie sich Zeit. Betrachtet die Haut, die durch ihr dünner werdendes Haar hindurchschimmert und die sie so noch nie gesehen hat. Über Nacht scheint sie zu einem Wrack geworden zu sein, wann genau ist das eigentlich passiert? Hat sie sich an dem Abend mit Dierk und Myra nicht noch ganz passabel gefühlt?

Hektor, sagt sie und tritt in die Küche. Ich muss mich bei dir entschuldigen.

Der Junge brütet über der Zeitung von heute, ein Kaffeetassenring umrahmt das rechte Auge der Kanzlerin. Neujahrsempfang. Niks liest das Wort von der Tür aus, so fett ist es geschrieben. Ein Teller mit Salamibroten.

Ich hätte mich nicht so benehmen dürfen.

Vielleicht sollte ich ausziehen, sagt Hektor, ohne den Kopf zu heben.

Denk noch mal drüber nach. Es tut mir leid.

Dierk hätte vielleicht eine Bude für mich. Im Industriegebiet, ohne Heizung. Dafür aber billig. Sonst kriegt meine Mutter die Krise.

Noch immer hat er Niks nicht angesehen. Sein klares Profil hängt reglos über der Zeitung.

Niks hebt die Hände. Tut genau das, was sie selbst von einer verwunderten, alten Frau erwarten würde. Legt sich die Finger an die Stirn. Versucht zu lächeln, ohne Erfolg. Stellt sich zu Hektor, betrachtet seinen Scheitel über verschüttetem Kaffee, der langsam in die gewachste Oberfläche des Holztisches sickert. Riecht seinen Jungsgeruch, lässt ihre Hände wieder sinken.

Ich will dich nicht … allein lassen, sagt er. Aber es geht nicht anders.

Darauf findet sie keine Antwort.

Warum sagt ihr Frauen nie etwas, wenn es mal wichtig wird?

Sie möchte Frieden schließen. Geschehenes ist vorbei. Man sollte noch mal ganz von vorne anfangen. Sich einander vorstellen. Sieh her, mein Name ist Nikola »Niks« Berger. Ich bin eine harmlose, ältere Dame mit merkwürdigen Vorlieben. Ich bade im Winter draußen. Und offenbar mag ich junge Kerle. Siehst du, auch im Alter erfährt man Neues über sich. Oder liegt es an dir? Hast du etwas Goldenes an dir, Trojaner, etwas, das unwiderstehlich wird, wenn man sich dir nähert? Offenbar hab ich dich unterschätzt. Ich hielt dich für ein abhängiges Muttersöhnchen, dabei bin ich jetzt diejenige, die abhängig ist. Lass mich frei, und wir fangen noch mal neu an, als Mieter und Vermieterin. Bleib hier. Doch sie bringt kein Wort hervor.

Sobald sich etwas findet, gebe ich dir Bescheid, sagt er. Es wäre nicht fair, dich länger hinzuhalten.

WG-Erfahrung. Die hat sie nicht. Natürlich verfolgte sie einst das Geschick der ersten Kommune. Sie war gerade damit beschäftigt, sich eine eigene Privatsphäre aufzubauen, fern der

Mutter, die ihre Unterwäsche und Tagebücher gleichermaßen durchforstete. Es ist nur zu deinem Besten, Kind. Oder willst du mal so enden wie ich, ohne Schulbildung, ohne Mann, mit einer dummen, kleinen Tochter? Rainer Langhans hatte es Niks angetan. Diese Masse an Haaren, die runde Brille, das klare Gesicht, all das kannte sie aus der Zeitung. Sie schnitt es aus und legte es zwischen ihre Bücher. Ulla hätte sich darüber lustig gemacht.

Nur selten ließ sie jemanden in ihr Zimmer. Die Rosette an der hellblauen Decke gehörte ihr ganz allein, und so sollte es auch bleiben. Sie war zweiundzwanzig, eine Werksstudentin ohne Beziehungen. Als Aushilfskellnerin arbeitete sie in einem Café. Dafür trug sie ein enges, schwarzes Servierkleid mit zugenähten Taschen, damit sie kein Trinkgeld einstecken konnte. Sie lernte, Orangensaft zu pressen und Tortenstücke zu heben, ohne dass sie umfielen. Zu Hause auf ihrem Zimmer rührte sie Suppenkrümel in heißes Wasser und kochte Nudeln mit dem Tauchsieder. Das Rauchen von Zigaretten beruhigte sie, nachts las sie Kippen vom Trottoir auf, trug sie heim und schnitt sie auseinander. In ihrer Manteltasche versteckte sie einen kleinen Tabaksbeutel, Blättchen hatten andere. Ein Kommilitone fand, sie habe hungrige Augen. Sie hoffte, er werde sie zum Essen einladen, ging mit ihm mit und fand sich in einem Männerwohnheim wieder. Hier lebten Studenten, Obdachlose oder einfach solche, die nicht in der Lage waren, allein zu bleiben. Die Trostlosigkeit, der blätternde Putz, die starrenden Augen der Alten und der Kohlgeruch drehten ihr beinah den Magen um. Es stinkt, flüsterte sie, doch er nahm ihre Hand und führte sie in ein winziges Zimmer, in dem immerhin ein Doppelstockbett, ein Schreibtisch mit Stuhl und ein Kleiderständer Platz fanden. Max, sagte er zu dem Mann auf dem oberen Bett. Das ist Nikola. Dass er sie bei dem Namen nannte, mit dem sie ihre Seminararbeiten unterschrieb, erschreckte sie. Max' Haare reichten ihm bis zu den Ellenbogen, Barthaare wuchsen ihm struppig in den Mund, und es war zu ahnen, wie gern er darauf herumkaute. Sie wohnen hier, fragte Niks, und ihre Stimme klang so falsch und so förmlich, dass beide Männer johlend auflachten. Feind hört mit, juxte Max und zwinkerte ihr zu. Diese Dreistigkeit verblüffte Niks, überrascht starrte sie ihn an. Dann machte sie es nach. Es ging nur mit dem linken Auge. Ihre Versuche wirkten wohl grotesk, die Männer schrien vor Lachen. Die ist vom Establishment, was Werner, prustete Max. Ganz die Dame, sagte Werner. Sie studiert Politikwissenschaften auf Lehramt. Max schüttelte den Kopf. Die doch nicht. Die wird höchstens mal kleinen Kindern das Rechnen beibringen. Er stemmte sich vom Bett auf Niks zu. Hast du überhaupt eine Ahnung, worum es geht? Du siehst aus wie eine Politesse. Eine staatstreue Dienerin. Niks trug ihren guten, dunklen Mantel, den ihr die Mutter zu Weihnachten geschenkt hatte. Darunter die Serviertracht, sie musste noch arbeiten. Vernünftige, feste Schuhe. Max betrachtete sie spöttisch. Mit so was kommen wir nicht weiter. Du musst radikaler werden. Hast du dir nie klargemacht, wie viel du verändern kannst? Schau dir die Perser an, von denen kannst du ordentlich was lernen. Die wissen, dass Vordenker gebraucht werden, solche, die das träge Gedankengebilde mal anstupsen. Das Volk wird faul, sobald es den Bauch voll hat. Manchmal könnt ich toben, wie gut es uns geht.

Niks' knurrender Magen lenkte sie ab. Seit dem Frühstück hatte sie nichts mehr gegessen. Auf dem Stuhl lag eine angebissene Tafel Schokolade, das Silberpapier stand verheißungsvoll offen und gewährte ihr Aussicht auf matten, schmelzenden Glanz, durchsetzt von Nussstückchen, zart wie Gänsehaut. Sie erschauerte. Wann hatte sie das letzte Mal etwas so Schönes gesehen? Und dieser Max? Hatte eine Ecke abgebissen und die Tafel dann weggelegt. Mit seinen perfekten Zähnen, mit denen er wohl lieber seinen Bart kaute als Schokolade.

Kurz entschlossen brach sich Niks ein Stück ab und aß es. In solchen Momenten war ihr egal, was sie tat. Sie nahm sich kaum Zeit zum Kauen, schluckte hastig, brach noch ein Stück ab, kaute, schluckte. Erst dann schmeckte sie stechende Süße. Sie unterdrückte ein Würgen.

Ich bin Diabetiker. Amüsiert sah Max ihr zu, wie sie die Schokotafel hastig zurücklegte. Meine Freuden sind klein und bescheiden und eher geistiger Natur. Du kannst das gern aufessen, ist sowieso nur Diätkram.

Niks schüttelte den Kopf und starrte auf ihre vernünftigen Schuhe.

Siehste. Zu verwöhnt, sagte Werner.

Gedankenlos, sagte Max.

Wo kommst du her, fragte Werner. Aus einer Kleinfamilie? Hast du noch Geschwister? Du musst ja völlig kaputt sein. Küche und Kirche und über allem schwebt der strenge Vater, nicht wahr, so ist es doch? Kennen wir alles, hatten wir alles, die Keimzelle der Unterdrückung, den ganzen Scheiß. Kann mir kaum vorstellen, dass jemand da freiwillig mitgemacht hat, aber es hat uns alle reingezogen in den Strudel, dich auch, meine Schöne. Du hast keinen freien Willen, wer hat den schon. Du willst dieses Stückchen Schoko, und du kriegst es, aber es schmeckt abscheulich und jetzt kannst du dich nicht überwinden, es noch mal anzurühren. Das Einzige, was du tun kannst, ist deine Umgebung verändern. Eine neue Tafel anbrechen.

Aus seiner Tasche zog er eine quadratische, zellophanverpackte *Ritter Sport*. Zwei mal vier Rillen, ein goldener Aufdruck, verlockende, mathematische Präzision. Niks erinnerte sich an Backpfeifen fürs Klauen; solche Tafeln lagen immer genau da, wo ein Kind mit den Fingern gut hinkam. Sie einzustecken, war reiner Instinkt. Sie wurde erwischt und dafür bestraft; das hielt sie nicht davon ab, weiter mitgehen zu lassen, was ihr gefiel. Erst die Puppenschühchen, dann wurde sie erwachsener, nahm Geld, Klamotten, Süßes, einen Lippenstift. Sie wurde geschickt, lernte die Kunst der Verstellung, lächelte unbefangen in Gesichter von Ladendetektiven. Gewöhnte sich daran, auf der Flucht zu sein.

Sie zwang sich, nicht hinzusehen. Stattdessen betrachtete sie den abgeblätterten Putz an der Wand gegenüber, die feuchten Stellen, die Blasen unterm Anstrich. Rohre führten kreuz und quer an der Decke entlang, einige wirkten feucht, und der Kohlgeruch war noch penetranter geworden. Wussten diese beiden Männer überhaupt, wie schwer es war, Verlockungen zu widerstehen?

Muttersöhnchen, sagte sie, drehte sich um und ehe sich Max und Werner versahen, war sie schon zur Tür hinaus. Mit knallenden Absätzen trampelte sie den Gang entlang, sie hatte es eilig, schließlich war sie ja eine Werksstudentin.

Hektor ist krank; jemand hat Niks' närrischem Hoffen nachgegeben und ihr noch einmal Aufschub gewährt! Mit fieberheißem Gesicht liegt Hektor auf seinem ausgeklappten Sofa. Bin total fertig, Mama, hört sie ihn heiser in sein Telefon flüstern. Hab mich beim Weihnachtszirkus verkühlt. Er sagt, er habe keine Kügelchen dabei. Man brauche ihm auch keine zu schicken. Wenn's nicht besser wird, geht er zum Arzt und lässt sich was verschreiben. Schweigen. Ein kurzes, geschnapptes Ja, heiseres Murmeln, ein Kopfnicken in Niks' Richtung. Wird schon alles, sagt er und hustet röchelnd.

Niks steht wie angewurzelt, sie sollte dem Jungen seine Privatsphäre lassen, sein Weihnachtstelefonat mit der Mutter respektieren, sich zurückziehen. Doch sie bleibt. Platt liegt

Hektor auf dem Rücken und schnieft angestrengt vor sich hin, während seine Ohren immer röter werden. Sein ungewaschenes Haar klebt ihm an den Schläfen. Schließlich legt er das Handy neben sich aufs Kopfkissen. Ich kann jetzt nicht mehr, flüstert er.

Hinterher macht Niks ihm Wadenwickel. Auf seinen harten Unterschenkeln fühlen sich ihre Hände kalt an. Lauwarmes Wasser muss es sein, bloß nicht zu kühl, wenigstens so viel weiß sie noch von ihrer Mutter. Hektor hat sich sein Kissen auf die Augen gedrückt und atmet krampfhaft ein, als sie ihm die feuchten Tücher um die Beine legt. Entspann dich, sagt sie. Im Badezimmerschrank hat sie eine Bettschutzunterlage gefunden, die sie vor einiger Zeit von einer Vertriebsfirma für Seniorenprodukte gratis zugeschickt bekam, die schiebt sie Hektor unter die Waden. Den Oberkörper deckt sie ihm zu.

Hektor rührt sich nicht. Ihre Hände streicheln über seine Beine, immer von unten nach oben, Richtung Herz. Am liebsten würde sie laut vor sich hin plappern vor Erleichterung, erlaubt sich aber nur ein leise gemurmeltes: Wird schon wieder.

Die frühe Abenddämmerung ist der Nacht gewichen. Draußen hört man vereinzelte Böller, dabei ist das Silvesterfest erst in fünf Tagen. Wirst du solange bei mir bleiben, Hektor? Ihre Hände zittern auf einmal, hoffentlich merkt er nichts. Doch Hektor ist ganz und gar mit sich selbst beschäftigt. Beim Ausatmen entweicht ihm schnarchendes Stöhnen. Kein Fieberthermometer, sie sollte sich endlich mal eins zulegen, so ein elektronisches ohne Quecksilber. Das könnte sie ihm ins Ohr stecken. Was gibt es sonst für Leute, die erkältet sind? Ein Gang zur Apotheke? Eine heiße Zitrone? Auf die Nacht ein kräftigendes Süppchen?

Niks lässt sich auf ihre schmerzenden Knie nieder und streicht dem Jungen das Haar aus der Stirn. Die Spitzen seiner Wimpern sind hinter zusammengepressten Augenlidern verschwunden. Sie wendet den Lichtkegel der Stehlampe ab. Du Armer, flüstert sie, bist ganz tapfer. Sie schmiegt ihr Gesicht an seines, weiß nicht, ob sich seine Haut so heiß anfühlt oder ihre.

Sein Atem riecht sauer. Ich muss jetzt schlafen, flüstert er.

Wieder ruft Hilda an. Wo warst du, wir hatten uns doch verabredet? Ihre Stimme klingt flehend. Könntest du nicht bei mir übernachten, ich bin so allein. Meine Tochter …

Es stellt sich heraus, dass Hildas Tochter mit dreißig anderen Freunden zu einer Neujahrsparty nach Teneriffa geflogen ist. Hilda befürchtet Alkoholexzesse, Drogenkonsum, unkontrollierten Sex. Ich gönn's ihr ja, sagt sie. Aber sie ist noch so fragil und dann diese gewalttätige Partymache. Was findet sie daran? Immer muss es laut und ekstatisch zugehen, ich versteh das nicht. Ewig im Pulk. Als würden sich die Kinder verlieren, sobald sie alleine sind.

Du vermisst Scheuermann, sagt Niks.

Nein! Wie protestierend Hilda klingt, weshalb bemüht sie sich so?

Niks horcht nach Hektors ersticktem Husten. Hoffentlich hat er sich im Schlaf nicht aufgedeckt. Ich kann nicht, sagt Niks, muss mich um meinen Gast kümmern, er ist ans Bett gefesselt. Wer weiß, was passiert, wenn ich ihn alleine lasse!

Deinen Gast?

Hilda hat natürlich keine Ahnung. Niks fürchtet, Hektor könne hören, wie sie weitere Details ausplaudert. Sie wimmelt Hilda ab und vergisst bereits beim Sprechen, was sie gesagt hat. Eine Atempause lässt Hildas Stimme abermals zu ihr durchdringen. Es ist gut Hilda, sagt sie, schließ die Tür ab und mach dir schöne Musik an, ich melde mich wieder. Das Klacken ihres Hörers auf der Gabel hat etwas sehr Befriedigendes.

Hat sie sich das so gewünscht? Lesend in ihrer Küche, ab und zu ein Atemzug, leises Schnarchen von drüben, die Buchstaben verschwimmen ihr vor den Augen. Sie hält ihren T.C. Boyle schräg ins Licht; erst näher, dann wieder weiter von sich weg. Doch die Beleuchtung ist armselig, diese verdammten Energiesparbirnen. Keine Kontraste, dafür viele winzige Schriftzeichen, die zu fetten schwarzen Linien verschwimmen, vielleicht ist das Buch ja doch nicht so gut wie auf dem Cover angekündigt? Die ellenlange Beschreibung einer Tagung von Umweltaktivisten. Sie hat sich auf die Lektüre gefreut, doch jetzt hält es sie kaum mehr auf ihrem Stuhl. So gerne würde sie noch einmal bei Hektor hineinschauen, obwohl sie erst vor fünf Minuten drüben war, um zu kontrollieren, ob die Heizung funktioniert. Vielleicht sollte sie ihm etwas bringen? Unsinn, er braucht doch gerade gar nichts, er schläft, das hört sie auch so. Wenn ihr T.C. Boyle heute nur ein besserer Beistand wäre! Aber so kleine Buchstaben, ist direkt eine Unverschämtheit.

Sie legt ihre Lesebrille beiseite, stützt den Kopf in die Hände. Vielleicht für ein paar Minuten die Augen zumachen. Ein Böller erschreckt sie; er scheint direkt unter ihrem Fenster losgegangen zu sein. Was für Menschen ergötzen sich an solchem Krach? Sie jedenfalls nicht. Selbst leises Glucksen der Toilettenspülung verstörte sie als Kind, kurz bevor der Tank wieder voll war. Sie blieb jedes Mal sitzen, wartete auf das Glucksen, wusste, es würde kommen, doch es passierte immer zu früh und durchfuhr sie bis ins Mark.

Drüben quietscht das Gestänge des Bettsofas und sie fragt sich, ob Hektor Silvesterkracher mag, das Anzünden, die Spannung, das bunte Blüten treibende Fauchen und die latente Gefahr. Den Nebel, der sich in den ersten Stunden eines jeden neuen Jahres auf die Stadt legt. Die bunten Pappreste, eingestampft in feucht grauen Asphalt. Das Gefühl des Vorbeiseins, obwohl das Jahr gerade erst anfängt. Noch ist sie nicht soweit. Von draußen erklingt Gejohle, es wird Hektor sicher wecken. Auf dem Cover des Buches ist ein schwarzer Vogel zu sehen, eine Krähe vielleicht oder ein Rabe. Ohne Lesebrille erkennt sie ihn besser, sogar den Flaum an seinem Schnabel. Soll sie sich ab jetzt etwa Bilderbücher ansehen? Oder lieber doch noch mal eine neue Brille?

Die Waschmaschine poltert im Schleudergang. Wie selbstverständlich kümmert sich Niks jetzt um Hektors verschwitzte Sachen; das macht ihr Mut. Seine karierten, viel zu großen Boxershorts, seine Sportlerhemden und Schlafanzüge. Seine Socken, rührend groß, gelegentlich löchrig. Es ist nicht mehr zu leugnen, dass er bei ihr wohnt. Mit seinen bunten Taschen, seiner Nutelladose in ihrem Kühlschrank, seinem Parka an der Garderobe und seinen Schnarchlauten hat er Niks' Räumen einen Stempel aufgedrückt. Mit einem Klirren lässt sich der Wäscheständer auseinanderklappen; Niks muss darauf achten, sich dabei nicht die Finger einzuklemmen. Von ihr selbst ist bloß ein rosafarbenes Nachthemd dabei, das sie lange nicht mehr getragen hat, mit Spitzen am Ausschnitt und plissierten Ärmeln. Prüfend hält sie es gegen das Licht, doch vermutlich würden ihr etwaige Mottenlöcher im Stoff nicht einmal auffallen, bei ihrer Sicht! Sie lässt das Hemdchen über den Wäscheständer gleiten und klammert es fest. Mit einer gewissen Verdrossenheit, die Niks als ihre eigene erkennt, baumeln die Ärmel leise hin und her.

Mit näselnder Stimme ruft Hektor aus dem Gästezimmer nach etwas zu trinken. Niks schiebt die übrige Wäsche zurück in die Maschine und bringt ihm ein Glas Wasser. Mühsam setzt er sich auf, sieht sie aus großen Pupillen an. Bleich ist er, seine Stirn glänzt im Licht der Stehlampe. Niks zieht ein Taschentuch aus ihrem Ärmel hervor und tupft ihm damit das Gesicht ab. Ich möchte dir keine Arbeit machen, sagt er. Sie will ihm das Glas an die Lippen halten, doch er nimmt es ihr aus der Hand und hält sich mit allen zehn Fingern daran fest. Ich kann schon selbst …

Er trinkt zu hastig. Wasser läuft ihm aus den Mundwinkeln übers Kinn. Niks muss ihr Tuch erneut zücken. Dann küsst sie ihn auf den Mund. Sie kann nicht anders. Seine Lippen sind rau, ein winziger Hautfetzen sticht in ihre. Ich hatte einen komischen Traum, flüstert er. Du warst ein Vogel und gleichzeitig meine Mutter. Aber auch du selbst. Ich wollte nicht wieder aufwachen.

Na, zum Glück hast du es dir doch anders überlegt. Niks spürt, wie sich ihre und seine Lippen gegeneinander bewegen. Er schmeckt säuerlich aber merkwürdig frisch, nach heißer Zitrone und Übelkeit. Ihre Zunge spürt die Rillen auf seinem Gaumen, wozu sind die eigentlich da?

Hektor schüttelt den Kopf, lässt sich langsam nach hinten fallen. Sie schmiegt ihr Gesicht an seins, Federkielhaare sind zu feuchtem Kükenflaum geworden, metallisch riechender Jungenschweiß hängt darin. Wie im Fiebertraum legt er den Arm um sie. Das Bettsofa knirscht, als sie zu ihm kriecht, die Länge seines ausgestreckten Körpers an ihrem misst und feststellt, dass alles perfekt und mühelos ineinander passt. Hektor wimmert, er hat die Augen wieder zu und atmet stoßweise.

Sie flüstert seinen Namen. Trojaner. Opfere dich nicht. Nicht für deine Familie, nicht für deine Stadt. Bleib einfach hier. Ihr Mund liegt auf seinem zuckenden Augenlid, wehrlos wie ein winziges Tier.

Mir ist schlecht, flüstert Hektor.

Niederburg

Schwarze Raunacht, dem Jenseits so nah. Bemalte Hexenfratzen hinter Bleiglasfenstern, Odin und Frau Holle sausen durch die Luft, über den Gassen versuchen gelbe Herrnhuter Sterne schaukelnd, ihren Fesseln zu entkommen. Das Wetter hat umgeschlagen, Schritte patschen auf glänzendem Kopfsteinpflaster, feuchtkalte Luft zieht empfindlich durch Mäntel und Mützen.

Stimmen vor der Weinstube, jetzt wird nicht mehr geraucht, nicht bei diesem Wind, da geht ja jede Pfeife aus. Gelächter. Lasst uns heimgehen.

Vier dunkle Gestalten ziehen eilig und geduckt gen Parkplatz; vier untergehakte Kettenglieder, eng verbunden, solidarisch gegen den Wind. Fensterläden klappern. Ein einsames, silbernes Auto in der Gasse versucht vergeblich, die zeitlose Stimmung zu kippen, die hier so präsent ist. Fast erwartet Niks, dass über ihr jemand ein Erkerfenster aufreißt und seinen Nachttopf entleert. Seit mindestens einer Stunde streicht sie nun schon um die Häuser. Es trieb sie aus der Wohnung, so weit wie möglich weg von Hektor und dem Problem, das er darstellt.

Knochenkälte. Ihre Gelenke tun ihr weh, ihr schwarzer Daunenmantel lässt Zugluft durch die Nähte. Sie wird ihn wegwerfen müssen. Eine Nebengasse mündet in eine Art Hof. Unten vergitterte Fenster. *Haus zur Mugge* steht auf der Fassade. Wenn sie den Blick hebt, entdeckt sie weitere Botschaften. Hinter erleuchteten Fenstern gibt es Scherenschnitte von Rentieren, eine Menora, sieben brennende Kerzen. Sie fühlt sich wieder wie ein Kind, sehnsüchtig vor fremden Gebäuden, mit demütiger Perspektive auf Bühnen und Bohlenwände im Kerzenschein, immer in der Hoffnung, einen

Blick auf die glücklichen Menschen zu erhaschen, die dort drinnen lebten. So viel bildete sie sich damals ein. Sogar das *Grundig*-Radio ihrer Mutter schien wie ein gemütliches Holzhaus. Das warme Licht hinter der Frequenzskala, die Musik und die freundlichen Stimmen, die daraus erklangen, gaben ihr das Gefühl, am falschen Ende der Welt zu sein. Sie wollte klein werden, wie Alice, und ins Radio hineinkriechen. Erst viel später erfuhr sie, wie man das macht, doch da gab es das *Grundig*-Radio mit dem Holzgehäuse schon längst nicht mehr. Ihre Mutter hatte es durch eine seelenlose Plastikkiste mit giftig roter Anzeige ersetzt.

Hinter einigen Fenstern ist das Licht heute kahler und weißer als sonst. Schmucklose Wände halten abstrakt bunte Gemälde, davor Stehlampen mit handgenähten Schirmen, karierte und gestreifte Stofftiere, Blümchendecken, eine rücksichtslose Primärfarbenexplosion. Ein solarbetriebenes Plastikfigürchen, das die Queen von England darstellen soll, dreht grüßend eine königliche Hand. Niks winkt zurück. Das silberne Auto, das sich im dunklen Fenster nebenan spiegelt, ist es dasselbe wie vorhin? Der Wind rauscht und pfeift, ein Stückchen Mond schiebt sich durch die Wolken, und Niks weiß, sie sollte zurückgehen. Der Junge ist immer noch krank, er bräuchte sicher etwas Warmes, genau wie sie selbst.

Als sie sich zum Gehen wendet, blinken die Scheinwerfer des silbernen Autos plötzlich auf, ein kurzer, elektronischer Ruf ertönt, der ihr wie das Jauchzen eines außerirdischen Wesens vorkommt, dann tritt ein Mann im dunklen Mantel auf sie zu. Die Fernbedienung hält er noch in der Hand.

Niks Berger? Auf ihr Nicken hin stellt er sich als Joachim Schlatt vor, Hildas Bruder. Der junge Mann bei Ihnen am Telefon sagte mir, Sie seien hier in irgendeiner Weinstube. In zweien war ich drin, so brechend voll hab ich's lang nicht mehr erlebt. Ehrlich gesagt, ich habe nicht erwartet, Sie noch zu finden. Hilda liegt mit einer Überdosis Schlaftabletten im Klinikum.

Niks vergräbt ihre Hände in den Manteltaschen und hofft, er werde weiterreden. Jedes Wort, das jetzt über ihre Lippen käme, wäre mit Sicherheit falsch. Er hat ein Grübchenkinn in jener gepflegt unrasierten Art, die man jetzt bei jüngeren Männern häufig antrifft. Sein dunkler Haaransatz befindet sich im Zurückweichen und er hat braune Augen, die in anderer Situation sicher warm und freundlich dreinblicken können, und die sie jetzt im Glauben daran bestärken, dass er tatsächlich Hildas Bruder ist.

Sie wollte gefunden werden, das gibt uns Hoffnung. Sie hat das Zeug genommen und sich in Nachbars Garten auf eine Bank gesetzt. Es ist fast lächerlich. Er hat eine Ziege …

Der Nachbar hat eine Ziege, wiederholt Niks langsam.

Wenn ich nicht … Joachim Schlatt wird von einem Hustenanfall unterbrochen. Entschuldigen Sie! Das Vieh steht auf Tannenzweige, und ich habe ihm die Reste vom Adventskranz ins Gehege geworfen. Das wollte ich schon den ganzen Abend tun, doch wir kriegten Streit, und dann war Hilda plötzlich verschwunden. Stellen Sie sich vor, was ich für einen Schreck bekam, als ich sie da auf der Bank sitzen sah, still und starr wie der Winter selbst! Ich packte sie und versuchte, sie zum Atmen zu bringen, da spie sie das Meiste gleich wieder raus. Sie will Sie sehen.

Bedauernd sieht Niks zurück auf die erleuchteten Fenster, die sie nun erst recht auszuschließen scheinen. Ein Sternschatten läuft bizarr vergrößert an der Hausfassade entlang, knickt an Erkern und Vorsprüngen und riffelt sich über die Fensterläden.

Ihr Haar ist ganz feucht, sagt der Mann, frieren Sie? Er hält die Autotür für Niks.

Drinnen riecht es nach Plastik. Beim Versuch, sich anzuschnallen, zieht Niks zu stark am Riemen, dann findet sie das Gurtschloss nicht. Die Bordelektronik weiß, dass Niks nicht festgeschnallt ist. Ein Warnlämpchen blinkt auf. Staunend tastet Niks zum zweiten Mal nach dem Gurtschloss und lässt den Gurt einrasten. Das Blinken hört auf. Die Gassen sind menschenleer.

Diese Mittelalteroptik, sagt der Mann. Gefällt mir nicht. Sehen Sie nur, wie mühsam hier versucht wird, alte Zeiten zu bewahren. Ginge es nach mir, würde ich alles niederbrennen und ordentliche Häuser mit Tiefgaragen bauen lassen.

Am Münsterplatz sind die Poller oben; das warnende Licht ist vom gleichen Rot wie das verräterische Lämpchen der Bordelektronik. Hildas Bruder muss wenden. Wieder piepst etwas, und Niks stellt fest, dass dieses Auto sogar weiß, dass es im nächsten Moment gegen die Hauswand schrammen wird. Gerade noch rechtzeitig legt Schlatt den Vorwärtsgang ein, ohne nach hinten zu sehen.

Muss sie jetzt in die Geschlossene, fragt Niks.

Der Bruder zuckt mit den Schultern. Sie weiß einfach nie, was gut für sie ist, gibt er zurück.

Was gut für einen ist. So viel ist Niks im Leben angeboten worden. Authentische, erdige Rockmusik. Der Mann ohne Eigenschaften. Drogen. Die Mitgliedschaft in einer Gewerkschaft. Gesundes Gemüse. Sex und Sekten. Mal wollte sie das alles, mal nicht, manchmal zur richtigen, manchmal zur falschen Zeit. Woher wissen andere, was gut für einen ist? Wie kann sich dieser Bruder herausnehmen, es zu wissen? Er fährt so selbstzufrieden dahin; gar nicht wie einer, dessen Schwester eben eine Überdosis Tabletten geschluckt hat. Auf seinen Handgelenken wachsen seidige Haare. Laternenlichter laufen über die Frontscheibe hinweg und lassen seine Nasenspitze in regelmäßigen Abständen aufblitzen. Er lächelt müde.

Erklären Sie mir eines. Was hat es mit diesem Scheuermann auf sich?

Waren Sie auf seiner Beerdigung, fragt Niks.

Den meine ich nicht. Ich meine den anderen.

Hm, sagt Niks. Sie sind ein Bruder, er ist auch einer. Ich bin Einzelkind und habe keine Erfahrung mit Brüdern. Aber ich kann Ihnen seine Telefonnummer geben.

Er meint, meine Schwester leide unter Wahnvorstellungen. Obwohl das bestimmt nicht die medizinisch korrekte Bezeichnung ist. In den nächsten Tagen erfahren wir hoffentlich mehr.

Sie haben schon mit ihm gesprochen?

Ich hab ihn angerufen und ihn aufgefordert, meine Schwester in Frieden zu lassen. Das war noch vor Weihnachten. Herrje, was für eine Aufregung! Ich habe eine Frau und zwei kleine Kinder. Ich sollte eigentlich Böller kaufen und den Silvesterpunsch vorbereiten. Nicht in der Gegend herumtelefonieren und verrückte Fremde suchen, die Hilda unbedingt sprechen will.

Danke.

Nein, bitte entschuldigen Sie, so habe ich das nicht gemeint. Meine Schwester kann sehr bestimmend sein, unter diesen Umständen noch mehr als sonst. Nicht mal meine Nichte will noch etwas mit ihr zu tun haben. Paula weigert sich strikt, mit ihrer Mutter zu reden, seit Jahren schon. Weihnachten verbrachte sie immer bei ihrem Vater. Ich weiß nicht, worauf Hilda hofft. Ich sagte, gib ihr Zeit. Aber Hilda will immer alles und sofort. Nun aber hat sie sich komplett als Mutter disqualifiziert, und ich weiß nicht, ob ich womöglich derjenige bin, der es ihr beibringen muss.

Haben Sie Paula benachrichtigt, fragt Niks.

Schlatt lenkt das Auto über die Rheinbrücke, Fahnen flattern im Wind, ein Zug dröhnt Richtung Innenstadt und versperrt Niks die nächtliche Sicht auf den See. Schlatts Schweigen verrät ihn. Er zählt die Stunden rückwärts, bis er endlich wieder bei seiner Familie sein darf. Wissen Sie, ich hatte auch eine schwere Zeit, sagt er schließlich.

PETERSHAUSEN-OST

Es stellt sich heraus, dass niemand weiß, wo Paula zu erreichen ist. Auf ihrem Handy meldet sich die Mailbox, und alles Bitten und Flehen, doch endlich zurückzurufen, erweist sich als wirkungslos.

Hilda liegt mit zerknittertem Gesicht in einem Privatzimmer zwischen Krankenhauswäsche und schaut aus verheulten Augen zu Niks hoch. Scheißziege, sagt sie schluchzend. Hat mich einfach verraten. Ein Bettgalgen baumelt über ihrem Kopf hin und her. Ihre Haut ist fleckig und gereizt. Ich brauch was zu trinken, flüstert sie.

Niks entdeckt eine Literflasche Cola im Nachtschränkchen, doch Hilda schüttelt den Kopf. Was Richtiges!

Nachdem ihr Bruder seine Mission erfüllt hat, zog er vor einer halben Stunde ab. Sein Lächeln war verlegen. Ich melde mich morgen, Hilda. Versprich mir, dass du das in Zukunft bleiben lässt. *Codladh sámh!*

Was soll das, fragte Niks.

Joachim Schlatt verschwand mit einem beschwichtigenden Händedruck, und Hilda sah ihm augenrollend hinterher. Das heißt gute Nacht auf Irisch. Die Geheimsprache unserer Kindheit. Zu Schulzeiten waren wir einen Sommer im irischen Westen, und er fand es toll, wenn uns hier keiner verstand. Ziemlich kindisch, wenn du mich fragst, aber er hatte schon immer den Hang, sich wichtig zu machen.

Der Krankenhauskiosk hat schon längst zu, die Rezeptionistin ist über ihrem Computerbildschirm eingenickt. Ein älterer Mann im Morgenmantel und zwei verschiedenfarbigen Pantoffeln schlurft unentschlossen durch die Empfangshalle und versucht sich eine elektrische Zigarette mit dem Feuerzeug anzustecken. Dazu murmelt er vor sich hin. Sie müssen auf den Schalter drücken, während Sie inhalieren, sagt Niks.

Er bleibt auf der Stelle stehen wie ein abgelaufenes Aufziehspielzeug, hält sich abwechselnd die Zigarette und das Feuerzeug vor die Augen.

Niks geht zu ihm und nimmt ihm das Feuerzeug aus der Hand. Das brauchen Sie nicht. Ich fürchte aber, der Tank ist leer. Haben Sie vielleicht was zu trinken für mich?

Er grinst breit und zeigt dabei schwarze Zahnstummel. Dann holt er einen silbernen Flachmann aus der Tasche seines Morgenmantels und hält ihn ihr hin. Wodka mit Wasser, es stinkt erbärmlich nach Desinfektion. Sie trinkt, doch die Wärme des dünnen Gesöffs erreicht nicht einmal ihren Magen. Dennoch muss sie husten, wohl nur wegen des Geruchs.

Der Mann lacht tief und verschleimt. Sie sind aber mutig, sagt er langsam. Hier im Krankenhaus geht es nur um Keime. Sie wissen doch gar nicht, was mir fehlt. Er hat einen osteuropäischen Akzent.

Manchmal denke ich, ich will nicht alles wissen. Sie reicht ihm den Flachmann zurück. Der Dichte Ihres Getränks nach zu urteilen, sind Sie jedenfalls kein Alkoholiker.

Ah, lacht er, und Sie sind Chemikerin?

Nein, Journalistin. Aber im Ruhestand. Wie das klingt, denkt sie. Im Stand der Ruhe. Wenigstens nicht der ewigen. Wozu bin ich noch imstande? Nachts im Dunkeln kann ich Wände hören, wenn alles ruhig ist. Wie eine Fledermaus. Der Klang meiner Bewegungen wird von den Wänden reflektiert, kurz bevor ich sie berühre. Das hat es mir oft erspart, gegen geschlossene Türen zu laufen, von denen ich annahm, sie seien offen.

Aber das sagt sie ihm natürlich nicht. Sie soll ja keinen Smalltalk machen, sondern so schnell wie möglich zurück zu Hilda.

Doch der Begriff Journalistin scheint etwas in ihm geweckt zu haben. Er spricht es nach, guttural, langsam, als wäre das Wort eine besondere Delikatesse, ein Fünfsternedessert. Jour-na-lis-tin. Gegen ihren Willen bleibt Niks stehen. Daraufhin spricht er schneller. Abgehackter. Meine Tochter. Auch Journalistin, aber besonderer Art, verstehen Sie? Recherche nannte sie das. Dabei ging es nur um unsere Familie. Und das lernt man an westlichen Universitäten? Den Namen der eigenen Familie in den Schmutz zu ziehen? Nazis, das waren sie damals schließlich alle. Auch die Polen. Die besonders. Das Judenghetto in Krakau, glauben Sie etwa, die waren alle dagegen? Warum also ausgerechnet meine Eltern? Von meiner eigenen Tochter?

Sie räumt bloß auf, sagt Niks. Sollte man manchmal machen. Ich danke Ihnen für den Schluck. Und grüßen Sie sie.

Er schaut ihr nach, wie sie den Fahrstuhl umgeht und zur Treppe läuft. Ans Aufzug fahren will sie sich auch in den alten Tagen nicht gewöhnen. Treppen sind Fitnessgeräte für lau, man sollte sie nutzen. Außerdem dauert es länger. Niks hat keine Lust auf Hilda im Krankenbett, der sie nicht einmal was zu trinken organisieren konnte. Wie lange ist es her, dass sie zum letzten Mal allein war? Richtig allein, ohne Hektor, ohne Anrufe und Verabredungen? Ach, dass sie sich doch endlich mal wieder einem ihrer Bücher widmen könnte! Aber hier ist Hilda, die sie erwartungsvoll ansieht.

Nichts zu trinken, alles zu. Niks setzt sich auf die Bettkante.

Was hast du so lange gemacht? Hilda gibt sich keine Mühe, ihre Enttäuschung zu verbergen.

Ach, da unten in der Empfangshalle war so ein ulkiger Kauz, hat mir Wodka verabreicht.

Wodka? Hilda wird lebhaft, Rot schießt ihr in die Wangen, mit beiden Händen zieht sie sich am Bettgalgen hoch.

Nur einen Schluck, noch dazu verdünnt mit Wasser. Was glaubst du denn? Der Mann wollte reden, ist bestimmt nicht sehr schön, mitten in der Nacht alleine in der Empfangshalle zu stehen.

Was will der auch da? Sollte ins Bett gehen. Nun, da Hilda klar geworden ist, dass Niks keinen Alkohol für sie hat, lässt sie sich langsam zurück in die Kissen sinken. Morgen kommt der Psychologe wieder. Netter Mann, Mitte dreißig, entzückende, kleine Ohren. Hat aber keine Ahnung. Fragte mich Löcher in den Bauch. Was mit meiner Tochter sei. Meinem verstorbenen Mann. Meinem Bruder. Mit dir.

Mit mir? Niks legt ihre Hände vor sich auf die Knie, betrachtet Knoten und bläuliche Linien. Dunkle Flecken, papierdünne Haut. Unglaublich, dass sie mit so dünner Haut noch ins kalte Wasser kann! Du musst ihm von mir erzählt haben, sonst hätte er sich kaum nach mir erkundigt.

Du hattest mal ein Verhältnis mit meinem Mann. So was interessiert die Psychologen. Wenn du mich fragst, alles Voyeure. Klauben den Schmutz anderer Leute hervor, um den eigenen zu vergessen. Wie ihr Journalisten. Hab ich Hans-Michael auch immer gesagt. Journalisten leisten bloß die Kärrnerarbeit für alle anderen Voyeure, meinte er und hatte überhaupt kein schlechtes Gewissen. So war er. Aber das weißt du ja selber.

Eine Pflegerin tritt ins Zimmer und ermahnt Niks zu gehen. Es sei drei Uhr morgens, um diese Zeit habe sie hier nichts mehr zu suchen. Sie ringt sichtlich um eine freundliche Fassade, doch ihre Müdigkeit gewinnt die Oberhand. Morgen können Sie ja wieder kommen, sagt sie.

Bring mir was zu trinken mit, schreit Hilda, während die Pflegerin die Innenseite ihres Armes mit einem Wattebausch bearbeitet. Dann fällt die Tür zu.

SEERHEIN

Die Raunacht will der Dämmerung noch längst nicht weichen, es bläst immer stärker. Niks zieht sich ihre Mütze fest ins Gesicht und beschließt, auf ein Taxi zu verzichten. Sie macht einen Buckel, lehnt sich gegen den Wind. Augen werden zu Schlitzen, sie kann kaum noch hindurchsehen. Es knarrt und klappert an den Dächern der Häuser, wie leicht könnte etwas auf sie herunterfallen! Trotz des Windes ist ihr warm. Vielleicht sollte sie genau jetzt schwimmen gehen, die nächtliche Einsamkeit des Parks nutzen und nachschauen, wie die Reiherenten schlafen.

Früher im Sommer hüpfte sie auf ihren Nachhausewegen gerne im Dunkeln noch einmal ins Wasser. In lauen Nächten ist der Park voller Leute. Punks unter der Brücke, deren scheppernd laute Musik den Obdachlosen signalisiert, dass im Morgengrauen mit leeren Flaschen zu rechnen ist. Liebespaare, Arm in Arm auf der Mauer, bleiben nach dem Sonnenuntergang einfach sitzen. Studenten mit mobilen Grills und Picknickkörben. Dazwischen immer wieder Blumen, Zettel und Grabkerzen. Fast jedes Jahr ertrinkt jemand im Seerhein. So viele kommen von auswärts. Kennen das Schwimmen nur noch vom Spaßbad und zeigen sich überrascht über die Strömung. Die Mutigsten springen von der Fahrradbrücke. Eine junge Frau in kurzen Hosen und Hemdbluse, die an der höchsten Stelle auf eine Laterne kletterte, nach oben absprang, die

Arme ausbreitete und den Rücken durchbog, um schließlich Kopf voran ohne einen überflüssigen Spritzer im grünen Wasser zu verschwinden. Niks musste unwillkürlich stehen bleiben. So schön war der Sprung der jungen Frau, als ob es ihr letzter sein sollte, doch sie kam an Land, schüttelte sich lachend die Haare. Hose und Oberteil lagen ihr in klebrigen Falten am Körper. Eine Freundin reichte ihr eine Dose Sekt, die sie so ungestüm aufriss, dass das Getränk in alle Himmelsrichtungen spritzte. Jubelndes Lachen. Beides vermutlich Studentinnen, die sich für einen Sommernachmittag aus der Bibliothek gestohlen hatten.

Manche schwimmen zu jeder Jahreszeit, genau wie Niks. Eine Russin mit Asthma, der das kalte Wasser gut tut. Ein dunkelhaariger Mann mit langen Haaren, stets barfuß und mit nacktem Oberkörper. Niks nennt ihn bei sich immer nur »den Indianer«. Selbst in zwei Grad kaltem Wasser zieht er regelmäßig seine Bahnen. Eine schmale Frau in Sportklamotten. Sie kleidet sich hinter der Mauer um und geht den Schwänen aus dem Weg.

Schwäne sind auch jetzt da. Sie schimmern im dunklen Wasser, Kopf unterm Flügel, doch ihre schwarzen Punktaugen sind offen. Als Kind hat Niks die Nasenlöcher der Schwäne für Augen gehalten; zusammen mit dem haartollenartigen Höcker verliehen sie den Tieren eine Kindchenschema-Niedlichkeit, die sich auf der Stelle verflüchtigte, als Niks von ihrer Mutter die echten Augen gezeigt bekam. Die saßen fast unsichtbar an der Spitze der dreieckigen, schwarzen Maske hinter dem Schnabel und wirkten grausam. Von da an mochte Niks die Schwäne nicht mehr.

Heute hat sie ja auf Reiherenten gehofft. Sie stellt sich dicht an die Mauer, dort kommt der Westwind nicht hin. Zieht den Mantel aus, legt ihn vorsichtig auf die Steine. Die Mütze wird sie aufbehalten, ein Kopf gibt viel Wärme ab. Sie tritt sich die Schuhe von den Füßen, die Steine sind kalt und feucht und glitschig. Zum Glück ist die Mauer da, an der sie sich halten kann. Hose, Jacke, Oberteil. Mit den Zehen krallt sie sich an den Steinritzen fest. Das Wasser steht winterlich niedrig, sie muss ins Tiefere waten. An der Mauerecke trifft sie der Wind mit voller Wucht, und sie ist froh, als sie die Stelle erreicht, wo der Grund jäh abfällt und sie schwimmen kann. Bei Wind ist es im Wasser immer wärmer, selbst wenn das Jahr schon fast zu Ende ist. An ihren verdickten Herzmuskel denkt sie nicht. Sie muss nicht einmal heftiger atmen, so gut an die Kälte gewöhnt ist sie, und darüber freut sie sich. Finger und Zehen prickeln. Die Schwäne halten es nicht für nötig, ihre Schnäbel aus dem Gefieder zu ziehen, sie sehen Niks auch so. Ein paar Enten suchen das Weite, Niks kann nicht erkennen, was für welche es sind, und schwimmt ihnen hinterher. Laternenlichter liegen über der Fahrradbrücke wie eine Reihe Perlen. Eine Lampe ist kaputt und unterbricht die Eleganz der Kette. Niks weiß, es ist Zeit, umzudrehen, sonst wird ihr in den nächsten Stunden nicht wieder warm. Unter der Brücke hindurch sieht sie ein einzelnes, spätes Taxi den Rheinsteig entlangfahren.

Vögel genießt eure Ruhe, denkt sie, morgen ist Silvester. Dann ist hier die Hölle los.

PARADIES

Zähneklappernd sperrt sie die Wohnungstür auf, wirft ihre nasse Unterwäsche in die Wanne, den Rest ihrer Klamotten in den Wäschekorb und hüllt sich in das von Ulla verschmähte Fleecetuch. Am liebsten würde sie sofort ein heißes Bad nehmen; das hat sie schon einmal bei Unterkühlung getan, und die Schmerzen in Armen und Beinen, Händen und

Füßen, Fingern und Zehen wird sie nie vergessen. Sie weiß, sie muss sich langsam aufwärmen. Sie fährt in ihre Pantoffeln und schlurft in die Küche, um Teewasser zu kochen. Aus Hektors Zimmer dringt gedämpftes Schnarchen. Ohne Licht zu machen, füllt sie den elektrischen Kessel, schaltet ihn ein.

Dann schleicht sie zurück zu Hektors Tür, öffnet sie einen Spalt. Das Schnarchen wird vom Geräusch des Wasserkessels überdeckt. Im Diodenlicht der elektrischen Zahnbürste, die Hektor auf dem Sekretär stehen hat, sieht sie ihn auf der Seite liegen. Helles Haar über den Augen, geballte Fäuste vor dem Mund, frei gestrampelte Füße; er könnte ein Kind sein. Ein Kind, das seine fiebrige Krise durchkämpft hat und sich nun ermattet, mit gesenkter Temperatur in den Morgen träumt. Doch Hektor ist kein Kind.

Nachdem sich der Wasserkocher abgeschaltet hat, wirkt das Schnarchen des Trojaners lauter als zuvor. Niks öffnet die Tür weiter und tritt ins Zimmer. Geht neben dem Bett in die Hocke, legt eine prüfende Hand über Hektors Stirn. Er hört auf zu schnarchen, ohne wach zu werden. Unter seiner Decke ist es warm. Niks lässt das Fleecetuch auf den Boden rutschen und legt sich neben ihn. Hier unten ist alles fiebrig feucht, aber nicht unangenehm. Mit ihren kalten Zehen tastet Niks nach Hektors Füßen. Er zuckt zurück, schläft aber weiter. Wenn er sich nur nicht wegdreht! Niks spürt das Pusten seines Atems auf ihrer Wange, Zeichen des Lebens. Den Atem anderer Menschen ist sie nicht gewöhnt; so ist das, wenn man alleine wohnt und sich den anderen nie auf Atemlänge nähert. Luftmoleküle, vom Gegenüber angestupst, Krankheiten können so übertragen werden, ohne dass man einander berührt.

Niks liegt stocksteif, um Hektor nicht zu stören. Ihre Füße und Hände kribbeln. So war das früher, wenn sie vom Schlittenfahren kam, sich gegen den Kachelofen lehnte und wegen der unsichtbaren Nägel zu weinen begann, die ihr durch Finger und Zehen getrieben wurden. Christus muss sich so gefühlt haben, dachte sie damals. Das Opferlamm. Dem Sohn Gottes gestand sie keine Tränen zu. Echte Helden hatten sich zu befreien, die Geschichte zu einem guten Ende zu bringen, und zwar nicht erst nach drei Tagen! Heute muss Niks lächeln, wenn sie an ihr junges Ich denkt, obwohl ihr Finger und Zehen jetzt ernsthaft wehzutun beginnen. Sie legt sich die Hände auf den Bauch, der ist warm, sie knetet das weiche Fleisch mit den Fingern.

Da greift Hektor mit einem halblauten Stöhnen nach ihr, legt ihr den Arm über die Schulter und zieht sie zu sich heran. Sein heißes Gesicht liegt an ihrem kalten, seine Haare kitzeln sie an der Nase. Sie gibt ihm nach, was soll sie auch tun. Seine Hände erkunden ihren Körper, die Falte unter den Brüsten, die Falte zwischen den Pobacken und die vielen, vielen anderen Falten, und es macht ihr nichts aus. Die Kälte des Flusses macht sich davon, gibt sie für andere Empfindungen frei. So muss sich die Wiederauferstehung anfühlen. Als Hektor sich mit geschlossenen Augen zwischen ihre Beine zwängt, sieht sie nach oben. Versucht, die Lampe an der Zimmerdecke zu erkennen; bei Tage eine schöne, gelbe Blüte, die sich weit öffnet. Sie wird eins mit dieser Blüte. Im Dunkeln sind manche Blüten noch viel schöner. Hektors Stöße treiben sie mit dem Kopf gegen die Wand. Es scheint, dass sie sein Fieber übernommen hat und sie gleichzeitig zu einer Anderen, aus der Ferne Gesteuerten wird. Niks ist schon empörend weit … weg.

Am nächsten Morgen ist Hektor nicht mehr da. Seine Sachen liegen zusammengeknüllt auf dem Stuhl, ein Ärmel hängt wie hilfesuchend über der Lehne, und Niks möchte ihn anfassen, zu sich heranziehen, sich darin einkuscheln.

Doch als sie die Hand ausstreckt, wird ihr plötzlich kalt. Ihre Gelenke tun weh, als hätte sie jemand verbogen und verzerrt. Etwas zittert, sie selbst oder der Ärmel? Sie muss zwinkern und sie schafft es nicht, den Ärmel zu bändigen.

Als sie sich mühsam aufsetzt, merkt sie erst, wie schlecht es ihr geht. Sie schwitzt. Ihre Handrücken sind voller Perlen, ihr nackter Körper ist klamm. Schaudernd rollt sie sich wieder zusammen. Selbst der kleinste Luftzug schafft stechenden Schmerz. Ob Hektor wohl in der Küche ist? Sie will ihn rufen, doch sie bringt nur ein widerlich verschleimtes Krächzen hervor. So elend war ihr schon lange nicht mehr zumute, dabei hat sie Durst. Sie sollte sich außerdem etwas anziehen, diese Bettdecke ist viel zu dünn.

Noch einmal streckt sie die Hand aus, fasst nach dem sich immer wieder entziehenden Ärmel. Irgendwann fällt der Stuhl mit lautem Krachen um. Dann hat sie den Ärmel. Er gehört zu einem Hemd, ebenfalls viel zu dünn, aber immerhin. Unter der Bettdecke schlüpft sie hinein. Doch bringt sie es nicht fertig, das Hemd richtig zuzuknöpfen. Finger, Knöpfe, Knopflöcher, alles verschwimmt. Derbes Stechen in ihrer Brust. Egal. Sie legt sich schwer atmend zurück, dann muss sie aus heiterem Himmel niesen. Wenn Hektor in der Wohnung ist, wird er es gehört haben. Doch niemand kommt. Lediglich aus den Achseln des Hemdes steigt sein Geruch empor. Ach, Hektor! Ihr Hintern und ihre Schenkel sind eiskalt; am Rücken spürt sie ein unangenehmes Ziehen. Sie zerrt alle Kleidungsstücke, die sie greifen kann, zu sich unter das Steppbett, rollt sich darin ein. Alles ist kalt. Was gäbe sie jetzt für eine Wärmflasche!

Durchs Fenster kreischt Tageslicht; wimmernd steckt sie den Kopf unter die Decke, riecht Abgestandenes und bekommt fast keine Luft mehr. Hebt sie auch nur den kleinsten Zipfel, dringt sofort neue Kälte ein. So treibt sie es eine ganze Weile: atmen, zittern, atmen, zittern, atmen, zittern. Ihr idiotisches Benehmen der letzten Tage und Wochen versucht sie darüber zu vergessen. Ihr nächtlicher Badeausflug war ja nur der kleinste Fehltritt. Doch Ulla, Karen, Hanna ... Hektor!

Sie zerrt sich die Bettdecke wieder vom Kopf. Sofort beginnen ihre Augen zu tränen. Schummrige, flusige Formen schwimmen vor der hellen Tapete. *Mouches volantes.* Über die Jahre sind es immer mehr geworden. Alles zittert. Irgendwann schließt sie die Augen. Lichtflecken und Flusen auch hier unter dem schützenden Dach ihrer Lider. Die scheinen riesig geworden zu sein, sie hüllen Niks ein, sogar ihre Hände und Füße, die so wirken, als wären sie beträchtlich angeschwollen. Sie träumt, mit den Handflächen auf Straßenpflaster aufzuprallen, doch ihre Hände fühlen sich so groß an, dass sie den Schlag nur aus der Ferne wahrnimmt. Fast macht es Spaß, aufs Trottoir zu klatschen, als steckte sie in gepolsterten Handschuhen, die einfach nicht kaputt gehen wollen. Es ist anstrengend, sie gerät wieder ins Schwitzen. Als die Luft knapp wird, kämpft sie sich mit einem geräuschvollen Atemzug an die Oberfläche ihres Bewusstseins. Von ihrem eigenen Schnarchen geweckt, blinzelt Niks in die neue Nacht und merkt, es ist bereits Silvester.

Johlen, Jubeln, Knattern und Heulen wie von Stalinorgeln. Mit eigenen Ohren hat sie den Krieg nie gehört, trotzdem bleibt ihr dieses Wort. Stalinorgel, wer hat das überhaupt gesagt, ihre Mutter? *Katyusha.* In ihrer Kindheit sprachen die Besatzer eher französisch. *Comment ça va?* Sie hatten ihre eigenen Feuerwerke dabei, dauernd musste es knallen, fauchen oder Kondensstreifen ziehen. Die Farben der Trikolore am Himmel, gezeichnet von drei auseinanderstrebenden Kampfjets. Der Überschallknall, der stets unerwartet kam. Volksfeste. Boxautofahrten. Lärmend und rumplig, so war es immer schon, wenn sich die Menschen amüsieren wollten. Der dunkelhaarige Mann mit der Zuckerwatte. Für dich, *ma petite, s'il te plaît!* Klebriges Greisinnenhaar auf einem Stecken. Die Mutter schlug es ihr aus der Hand, du sollst doch von fremden Leuten keine Süßigkeiten nehmen! Und: bumm! Die unvermeidliche Ohrfeige, das Brennen in den Augen.

Draußen ist ein Böller losgegangen, der das Haus erzittern lässt, seine Helligkeit bleibt auf den Lidern. Niks lässt weitere Kracher über sich ergehen. Jedes erneute Zusammenzucken findet sein buntes Echo vor ihren geschlossenen Augen. Ein eigenes, ganz privates Feuerwerk. Sie kann nichts dagegen tun, ebenso wenig wie gegen den triumphalen Einzug des Neuen Jahres, das sie wieder ein gewaltiges Stück gen Abgrund schieben wird. Die Freude über vergehende Zeit ist ihr gründlich abhanden gekommen!

Hinter ihrer Stirn scheinen Bleigewichte zu liegen, die bei jeder Bewegung von innen gegen den Kopf drücken. Ein Dampfbad wäre jetzt gut, eine warme Mütze, aber dafür müsste sie erst aus dem Bett krabbeln. Blitze allenthalben, farbig, stark und beunruhigend. Sie hat so Durst! Doch der Abstand zur Zimmertür wird kaum zu bewältigen sein. Wieder ein Kracher, danach eine Reihe verschämter Rumpler. Judenfürze. Mittlerweile ein verbotenes Wort, genau wie Mohrenkopf. Beim Gedanken an weißen Zuckerschaum regt sich Niks' Magen. Übel, übel, übel. Nichts, aber auch gar nichts hat sie griffbereit, in das sie nötigenfalls hineinspeien könnte. Sie ist nicht einmal stark genug, sich zu fürchten. Angst ist ein Luxus, verzehrend, Energie raubend. So bleibt sie still liegen und fragt sich nicht mehr, aus welcher Richtung die Blitze kommen.

Mitte der neunziger Jahre bekamen die gleichaltrigen Kollegen immer größere Augen, immer längere Arme. Witze prallten durch die Redaktionsräume wie schlecht geschlagene Tennisbälle. *Ihr seid ja nur neidisch, wie weit ich schauen kann.* Die neue Sicht veränderte: konfuse Bewegungen, schräg und immer wieder neu ins Licht gehaltene Papiere, vor Brüsten baumelnde Brillen, wie schrille Schmuckstücke. Niks trug damals noch Kontaktlinsen. Zum Lesen nahm sie sich die Linse aus dem rechten besseren Auge. So sah sie zwei Bilder gleichzeitig, die wahlweise scharf oder unscharf waren. Eins für die Nähe, eins für die Ferne. Anfänglich bekam sie Kopfschmerzen davon, doch sie lernte schnell, das unscharfe Parallelbild auszublenden. Nur zu sehen, was sie sehen wollte. Wie sie es mit Scheuermann aushalte, wurde sie von einer jüngeren Kollegin gefragt. Diese wirkte Neid zerfressen in ihrem grauen Twinset und den ehemals blonden Haaren, auf denen nun ein sandiger, unsichtbar machender Schimmer lag. Er gebe ihr den Rest, erwiderte Niks blinzelnd und wahrheitsgemäß und entwaffnete die Frau damit, noch bevor sich diese überhaupt klar darüber wurde, dass Krieg zwischen ihnen herrschte. Niks lernte, Menschen unscharf zu sehen, mit denen sie sonst hätte Mitleid haben müssen. Ein Wort von ihr, und siehe da: die Jüngere bekam kaum noch Aufträge. Am langen Arm verhungern lassen nannte man das. Niks' Status wurde unantastbar. Selbst die Claqueure konnten ihr nichts mehr anhaben.

Deine spitzen Ellenbogen, stichelte Scheuermann, wenn sie zusammen im Bett lagen.

Bei ihm war Niks so kurzsichtig wie eh und je, ihre Kontaktlinsen lagen auf dem Nachtkästchen. Was soll's, gab sie zurück, es ist ungehörig, in meinem Alter noch über mädchenhafte Formen nachzudenken.

Scheuermann lachte sein Adamsapfellachen, rauf, runter,

rauf, runter. Gewiss nicht, sagte er, und legte ihr eine schwere Hand auf die Brust. Gratuliere! Du hast sie alle im Sack, wie ein Mann. Aber in meiner Gegenwart lässt du deine Ellenbogen schön bei dir. Seine Hand rutschte höher Richtung Hals.

Niks drehte den Kopf weg.

Hast du mich verstanden? Seine Finger drückten zu.

Sie nickte mühsam, stumm und heuchlerisch. Sie mochte es, wenn er auf ihr lag, er war so schwer. Damals trug sie enge Corsagen und schnürte sich gern in unnachgiebige Stoffe unter ihren weiten Sachen. Nicht, um Scheuermann zu gefallen. Sie genoss nur die Last. Das Gefühl, kaum noch atmen zu können. Ihr fixer Traum, von einem Python nach und nach erdrosselt zu werden. Jedes Ausatmen verringert den Raum, der dem Opfer bleibt, schließlich gibt es kein Einatmen mehr, bloß noch Druck und Ohnmacht. Ein letzter Blick in unscharfe Leere, kurz bevor es für immer dunkel wird. Welch friedlicher Tod, dachte sie damals.

Heute Nacht will sie aber vom Tod nichts wissen. Sie versucht aufzustehen. Der Böllerlärm hat sich beruhigt, das neue Jahr ist endlich bei allen Feiernden angekommen. Dunkelheit draußen und drinnen, nur selten kracht noch eine verspätete Blüte undeutlich über den nebligen Himmel. Niks rollt sich seitwärts vom ausgezogenen Gästesofa. Hektors schräg zugeknöpftes Hemd klebt an ihr. Auf dem Boden liegt das Fleecetuch, in das sie sich gewickelt hatte, bevor sie hier hereinkam; wie viele Stunden ist das nun her? Sie schlingt sich das Tuch um die Hüften, fährt in Hektors Treter, die an der Wand liegen, ausgebeulte Plastikschlappen, in denen sich zum Glück ein Paar warmer Innensohlen befindet. Ein Schauder kriecht ihr die Beine entlang. Sie braucht dringend etwas zu trinken.

Vom Küchenfenster aus entdeckt sie drei die Straße entlanglaufende Kinder und wundert sich. Das vorderste trägt einen grünen Anorak und eine Mütze und wirft Knallfrösche gegen die geparkten Autos. Das in der Silvesternacht der Jahrtausendwende abgebrannte Haus gegenüber ist schon längst wieder aufgebaut, und zwar als karg abweisender Betonklotz mit Tiefgarage und schmalem Rasenstreifen. Das Kind lässt einen Knallfrosch in den Lüftungsschacht fallen. Das darauffolgende, dumpfe Getöse bringt die anderen Kinder zum Lachen. Silbrige Stimmchen dringen durch Niks' geschlossenes Küchenfenster. Das erste Kind zieht einem seiner Freunde die Mütze vom Kopf. Noch mehr Gelächter.

Woher kommen sie, so früh, so ganz ohne Aufsicht, in den ersten Stunden des neuen Jahres? Am liebsten würde Niks das Fenster öffnen und den kleinen Störenfrieden einen Gruß zurufen. Habt ihr kein Zuhause? Wie ein knurriger, alter Nachbar, der verschossene Fußbälle einsammelt, um sie in der Abgeschiedenheit seines Kellers mit dem Messer zu schlachten. Wie alt mögen die drei sein? Acht, vielleicht zehn, und noch unberührt von pubertären Wirren und Schamgefühlen. Unter den dicken Winterjacken und Mützen sind sie schwer zu erkennen, vermutlich alles Jungs. Ihre ziellose, schlenkernde Art zu laufen verrät große Vergnügtheit.

Niks holt sich ein Glas Wasser direkt aus dem Hahn, trinkt so schnell, dass sie husten muss. Ein letzter Knallfrosch und die Kinder ziehen weiter. Niks trinkt und trinkt, anschließend entweicht ihr ein höchst undamenhafter Rülpser. Schaudernd wickelt sie sich enger in ihr Tuch, dann tastet sie sich durch Küche und Flur zurück.

In ihr eigenes Bett.

Die Türklingel fährt ihr durch Mark und Bein, Mangel an Luft lässt sie röcheln. Ihre Nase ist ganz verstopft und hinter ihrer Stirn scheinen sich über Nacht Wackersteine angesammelt zu haben. Wieder klingelt es, hartnäckig und grell. Stöhnend schlüpft Niks in Cordhose und einen weiten Wollpullover, der hoffentlich Hektors Hemd kaschiert. Im Flurspiegel trifft sie sich selbst, eine alte Vogelscheuche mit wild zerwühlten Haaren und hektisch roten Wangen. Während es zum dritten Mal klingelt, rennt sie ins Bad und kramt nach einem Taschentuch, schnäuzt sich. Die Klingel!!

Sie drückt auf den Summer, fährt sich mit der anderen Hand durch die Haare und hofft, dass ihr nichts in den Nasenlöchern hängt. Die schweren Schritte auf der Treppe sind nicht die von Hektor. Statt dessen jemand Älteres in schwarzer Winterjacke, ist es Scheuermann? Dann sieht sie kurze Haare, einen Dreitagebart.

Nikola Berger?

Er steht Auge in Auge mit ihr, ohne zu lächeln. Seine offensichtliche Unhöflichkeit lässt ihre Sorge, ihr könnte etwas Unappetitliches im Gesicht kleben, auf der Stelle verschwinden.

Mein Name ist Bernd Bethig. Ich will zu meinem Sohn.

Niks unterdrückt ein Niesen, ihr tränt der Blick. Hektor trägt den Namen seiner Mutter. Der Mann hat nichts Ähnliches an sich, keine braunen Augen, keine Scheu. Seine Haare könnten ehemals blond gewesen sein, genau wie Hektors. Im linken Ohrläppchen trägt er einen Stein. Ein Geck, ein Angeber. Ist er wirklich Hektors Vater?

Er ist nicht hier, sagt Niks.

Der Mann versucht, um sie herumzuspähen, als glaubte er ihr nicht. Wir versuchen seit Tagen, ihn anzurufen. Er sagte uns, er sei krank. Was ist eigentlich mit Ihrem Telefon los?

Sie ist verwundert. Bei näherer Betrachtung wirkt er eher besorgt als unhöflich. Mein Telefon?

Es funktioniert nicht.

Jetzt erinnert sie sich. Auf dem Weg zum Klo ist sie am frühen Morgen über das Kabel gestolpert. Dabei gab es einen unangenehmen Ruck, fast wäre sie hingefallen. Sie muss es aus der Buchse gerissen haben. Ihr wird schwindelig.

Seine Miene verändert sich. Geht es Ihnen gut?

Hektor war erkältet, sagt Niks. Er hat mich wohl angesteckt.

Bernd Bethig tritt einen Schritt zurück. Ich will Sie ja auch nicht stören. Wir möchten bloß wissen, wo er ist und ob es ihm wieder besser geht.

Ich nehme an, er schläft gerade bei irgendeinem Freund seinen Kater aus. Niks lacht hustend und verschleimt. Das neue Jahr hat doch erst angefangen.

Bethigs Gesicht wird wieder streng. Wir haben ihn immer davor gewarnt, sich zu betrinken. Ermutigen Sie ihn etwa?

Wie bitte? Niks schwirrt plötzlich der Kopf, sie glaubt für einen kurzen Moment, den Mann doppelt zu sehen, erkennt aber gleich, dass er und sie etwas völlig Unterschiedliches meinen.

Trinken Sie mit ihm? Geben Sie ihm Alkohol?

Nein, ich … Niks ist fassungslos, sie muss überlegen. Ihr offensichtliches Schuldbewusstsein stachelt ihn an. Herrgottnochmal, Sie werden doch wohl wissen, ob mein Sohn mit Ihnen oder bei Ihnen Alkohol getrunken hat.

Alkohol trinken. Ein Ausdruck, so undefiniert wie Fett essen. Niks fragt sich, ob dieser Mann immer so eindeutige Wertvorstellungen hat. Er macht ihr Angst. Sie will verstehen, was hinter ihm steckt, und sei es nur, um sich besser gegen ihn wehren zu können.

Sind Sie einer von den Anonymen?

Er tritt einen Schritt zurück. Sie sollten sich schämen, zischt er. Einen Menschen, den Sie gar nicht kennen, so zu beleidigen. Das ist unwürdig. Keinen Moment länger lasse ich meinen Sohn bei Ihnen. Ich werde mit Karen reden. Sagen Sie ihm, er soll seine Sachen packen.

Ihr Sohn ist erwachsen, sagt Niks mit letzter Kraft.

Aber Sie anscheinend nicht! Bethigs offensichtliche Verachtung umfasst sicher nicht bloß ihre kaum zurechtgemachte, kränkliche Erscheinung; seine Verachtung zielt auf ihre gesamte Persönlichkeit – und auf andere Gestalten wie sie, die Verführer der Jungen und Schönen. Eine lasterhafte Lilith, die Kindern verbotene Getränke reicht. Kalypso, eine Unsterblichkeit versprechende Nymphe, die den jungen Mann für immer an sich binden will. Dabei liebt sie ihn gar nicht! Kalypso liebt nur sich selbst! Und den kalten Seerhein.

Ihr Achtundsechziger! Durch die Bank verantwortungslos!

Mit diesen Worten dreht er sich um und poltert die Treppe hinunter.

Niks bleibt in der Tür stehen, kämpft gegen den Schwindel und ihr aufkeimendes Gefühl von Erleichterung.

Sie steckt das Telefonkabel nicht wieder ein. Stattdessen bereitet sie sich heißen Kamillentee und eine Wärmflasche. Zieht einen Flanellpyjama und warme Stricksocken an und legt sich wieder hin.

Schnee, Schnee, Schnee, dazu die kratzigen, in den Kniekehlen zwickenden Wollstrumpfhosen. Darüber ein grüner Lodenmantel, eine Pudelmütze mit Bändern links und rechts, die auf Brusthöhe in dicken Bommeln endeten. Gestrickte Handschuhe baumelten aus den Mantelärmeln, manchmal schleiften sie am Boden. Glänzend schwarze Schnürschuhe bis übers Fußgelenk. Nikola war ja bloß ein Mädchen. Die Jungs durften Hosen und kurze Jacken tragen. Sie konnten sich bewegen, wie sie wollten. Schneebälle werfen. Bastard, Bastard! In einem Schneeball war ein Stein drin. Er traf Nikola am Kopf, es blutete und machte rote Flecken auf dem weißem Schnee. Sie musste zum Nähen ins Krankenhaus: dreizehn Stiche. Sie war sehr tapfer. Der Junge, der geworfen hatte, hieß Herbert, war zwei Jahre älter als sie und der einzige Sohn vom Chefarzt Professor Doktor Winter. Herbert wurde hinterher mit der Gürtelschnalle verhauen. Manche Wörter sind schlimmer als Taten, sagte sein Vater. Zu Nikola war Professor Winter sehr freundlich. Er lud sie ein, ihn und seine Familie in seinem Haus im Musikerviertel zu besuchen. Ihre Mutter war sehr aufgeregt. Nikola bekam ein neues Kleid für den Anlass, ein hellblaues mit Paspeln. Die Mutter flocht ihr das Haar und legte es ihr in einem Kranz um den Kopf. Halt dich gerade. Schau die Erwachsenen an, wenn sie mit dir sprechen. Und nimm dir nur ein Stück Kuchen, hörst du? Wehe, du benimmst dich nicht, dann kannst du was erleben.

Wie ihre Mutter erfahren sollte, ob sie sich schlecht benahm, wusste Nikola nicht. Würde Professor Winter sie verraten? Sie bekam eine Schachtel Pralinen mit. *Chocolat Tobler Synphonie*. Ein unregelmäßiges Gittermuster mit rosa- und cremefarbenen Vierecken auf der Schachtel. Die Schleife wurde von einer gelben Kordel gehalten. Das Arrangement erschien Nikola unverhältnismäßig, ja schockierend modern. Sie hätte nicht gedacht, dass ihre Mutter so etwas kaufen würde. Zu Hause gab es keine Pralinenschachteln. Ihre Mutter bewahrte Kekse in einer Porzellandose ganz oben auf dem Küchenschrank auf, die nur zu besonderen Gelegenheiten hervorgeholt wurde. Die Kekse schmeckten alt und krümelten. Zu trinken gab es ungesüßten Lindenblütentee im Sommer, im Winter heiße Kamille. So war Niks auch ganz unvorbereitet auf die üppig geschmückte Tafel, den exotischen Kakaogeruch und die Fülle an Kuchen und Sahne, die sie erwartete. Herbert, der gezüchtigte Arztsohn, saß mit einem krummen Lächeln am Tisch. Genau wie Nikola hatte er keine Geschwister. Frau Professor Winter trug ein Kleid aus grünlich glänzendem Material. Als Nikola ihr die Hand gab, stieg ein chemischer Duft empor, den Nikola für Parfüm hielt. Mit abgewandtem Gesicht überreichte sie der Frau die Pralinenschachtel. Ach, sieh da, die *Synphonie*, sagte Frau Professor Winter, und Nikola glaubte, Spott in ihrer Stimme zu hören. Vielen Dank, Nikola, das ist sehr freundlich von dir, sagte der Professor. Und: Herbert hat dir etwas mitzuteilen.

Mit gesenktem Kopf erhob sich der Junge von seinem Stuhl. Er wolle sich bei ihr entschuldigen, sagte er, und nie wieder Bastard zu ihr sagen. Die Hände hielt er auf dem Rücken gefaltet. Er wirkte wie einer, der vor der gesamten Klasse ein Gedicht rezitieren muss. Über das Wort Verzeihung stotterte er, und Nikola fing an zu lachen.

Bis heute ist sie sich sicher, dass sie einzig und allein aus Erleichterung lachte. Aus Erleichterung darüber, nicht selbst dastehen und etwas herunterleiern zu müssen, das sie nicht recht verstand. Es lag Mitleid in diesem Lachen, sogar Komplizenschaft. Sie war schon längst nicht mehr böse auf ihn. Die Wunde an ihrer Schläfe verheilte gut, es werde nicht einmal eine Narbe zurückbleiben, hatte ihr der Professor versichert. Sie lachte, weil sie sich in diesem schönen warmen Zimmer voller Blumen, Polstermöbel und blank geputztem Silberbesteck wohlzufühlen begann. Doch ihr Lachen kam zu harsch, zu ausgelassen. Herbert verstummte jäh. Seine Mutter erschien mit der Tortenschaufel, die sie scheppernd auf einen Kuchenteller fallen ließ. Der Professor stand nur da, hob die Hand und schüttelte langsam den Kopf.

Ich bitte um Verzeihung, wiederholte Herbert und setzte sich wieder auf seinen Stuhl.

Unter ihrem Haarkranz brach Nikola der Schweiß aus. Kuchen, Kakao und Sahnepott erschienen ihr mit einem Mal unerreichbar. Frau Professor Winter stieß einen unverständlichen Laut hervor und lief aus dem Zimmer. Das Knistern und Rascheln ihres Kleides blieb Nikola noch eine Weile in den Ohren.

Professor Winter ging zur Tür, öffnete sie einen Spalt, rief nach dem Hausmädchen, gab ihr eine geflüsterte Anweisung und verschwand. Trine war klein und rundlich und lächelte unablässig. Ihre gestärkte Schürze roch nach Schwanweiß-Waschmittel. Sie schenkte Kakao ein, verteilte Kuchen und verzierte Nikolas Stück ohne zu fragen mit einem spitzen Sahneklacks. Kinderlein esst, esst, sagte sie.

Mit abgewandtem Kopf schaufelte sich Herbert Kuchen in den Mund. Nikola versuchte, ihr Gelächter von eben mit zierlichen Tischmanieren wiedergutzumachen, doch niemand schaute hin. Trine rückte ein paar Stühle gerade, dann klatschte sie sich mit den Händen auf die Oberschenkel und sagte, sie mache frischen Kakao. Der hier sei schon kalt.

Sie ließ kühle Stille zurück, die einzig und allein von Herberts Schmatzen ausgefüllt wurde. Nikola entdeckte Fasern im Kuchen und legte nach dem ersten Bissen ihre Gabel weg. Das ist Rhabarber, sagte Herbert mit vollem Mund. Eklig, sagte Nikola, ein Wurstbrot tät mir besser schmecken.

Du bist genau wie der Papa, mümmelte Herbert, der mag auch keinen Kuchen. Und Mama ist ihm böse deswegen. Und auch, weil er mich geschlagen hat.

Hat es sehr weh getan?

Und wie, sagte er stolz. Aber ich habe keinen Mucks gemacht, wie ein echter Indianer. Willst du mal sehen?

Bevor sie sich versah, war er schon aufgesprungen, hatte sich die Hose mitsamt Schlüpfer heruntergezogen und präsentierte ihr sein malträtiertes Hinterteil. Ein haarloser Jungenspopo, über und über mit roten, grünen und blauen Striemen versehen. Hinterher konnte ich nur auf dem Bauch schlafen, erklärte Herbert feierlich. Nikola berührte die Striemen vorsichtig mit dem Zeigefinger. Wenn ich das getan hätte, sagte sie heiser.

Wie denn? Du bist doch bloß ein kleines Mädchen. Herbert drehte sich zu ihr hin und zog sich dabei die Hose hoch. Aus dem Augenwinkel sah Niks eine baumelnde Bewegung, dann seine Hände, die etwas hastig nach innen stopften.

Aber du hast *mir* den Stein an den Kopf geworfen. Nicht deinem Vater.

Das ist wie in der Justiz, erklärte er großartig. Der Täter muss sich vor einer dritten Instanz verantworten. Sonst wär es Selbstjustiz, das weiß ich, das habe ich nämlich gelesen. Ich möchte mal Anwalt werden. Oder Richter. Und du? Was willst du werden, wenn du groß bist?

Ich weiß nicht, sagte Nikola verwirrt. Sie wusste noch nicht, dass man im Leben etwas werden konnte. Man war man selbst, wurde groß, bekam Kinder und dann starb man, und dann war das Leben aus. So hatte sie es gelernt. Ein Anwalt, ein Richter. Zum ersten Mal wurde ihr klar, dass auch Anwälte und Richter mal Kinder gewesen waren, die zur Schule gingen, sich prügelten, Weihnachtslieder sangen und eines Tages beschlossen, etwas zu werden.

Lehrerin, sagte Nikola. Ihre Klassenlehrerin hieß Frau Gendle und war eine kleine, runzlige Frau, die oft ihre Hände gefaltet hielt, als wollte sie beten. Sie trug jeden Tag dasselbe marineblaue Kostüm, das an Saum und Ärmeln schon ganz abgewetzt war. Ihr dunkles Haar war dünn. Ihre Stimme jedoch klang so warm und tragend, als wäre sie die eines ganz anderen Menschen. Die meisten Leute brüllten, wenn sie gehört werden wollten, Frau Gendle nicht. Ihre Stimme machte sie zu einer Auserwählten, zum Mitglied eines kleinen Kreises, zu dem auch der Postbote gehörte, der mit erhobener Hand sogar die gefährlichsten Hunde in Schach hielt. Auch die goldhaarige Ninja vom Zirkus gehörte zu den Auserwählten, weil sie auf einem Seil laufen und auf dem Rücken galoppierender Pferde einen Handstand machen konnte. Doch Frau Gendle war die Auserwählteste von allen. Manchmal legte sie Nikola im Vorbeigehen eine kühle Hand in den Nacken und tippte mit der anderen wie zufällig auf ein falsches Wort, einen Rechenfehler oder eine schlampig geschriebene Zahl auf Nikolas Schiefertafel. Dann überlief Nikola ein kleiner Schauder. Sie roch die gestärkte Bluse der Frau und die Spuren von Schweiß und fühlte sich geborgen. Es war nicht schwer, einen Fehler zu korrigieren, auf den man aufmerksam gemacht wurde. Schlimm war es, aus heiterem Himmel angeschrien zu werden. Frau Gendle tadelte wortlos. Was sie aussprach, klang schön und ermutigend.

Lehrerin, fragte Herbert mitleidig. Ich gehe aufs Heinrich-Suso-Gymnasium in die Sexta. Ich habe Latein und nächstes Jahr auch Griechisch. Fürs Abitur, weißt du überhaupt, was das ist? Dann kann ich studieren. Ich bin nämlich schlau.

Nikola musste an ihre letzte verpatzte Rechenprobe denken. Besser als Rechnen konnte sie Schreiben und Lesen; Heimatkunde mochte sie auch. Wie lang ist der Bodensee? Wo beginnt der Rhein? Was ernten die Bauern im Südschwarzwald? Einblicke in fremde Leben, die man auswendig lernen und aus dem Klassenraum mit nach Hause tragen konnte. Schraffierte Landkarten. Je höher der Berg desto dunkler das Grün. Die Ortsnamen. Baden-Baden. Schnetzenhausen. Calw. Großbottwar. Die Berge. Der Säntis und die sieben Churfirsten, Selun, Frümsel, Brisi, Zuestoll, Schibenstoll, Hinterrug, Chäserrug. Für die Deutschstunde schrieb sie ein Märchen vom Berg, der seine sieben Freunde besuchen wollte, aber nicht vom Fleck kam und bittere Schneetränen darüber weinte. Das Märchen wurde vor der ganzen Klasse vorgelesen, und Frau Gendles Stimme ließ es schön und aufregend erscheinen.

Als sich Professor Winter wieder zu ihnen setzte, sah er sehr ernst aus. Er nahm Trine die Kanne aus der Hand und schenkte Nikola ungefragt Kakao nach. Deine Mutter fühlt sich nicht wohl, sagte er zu Herbert. Ihr solltet leiser sein.

Die will Lehrerin werden, platzte Herbert heraus.

Mit vollem Mund spricht man nicht, Herbert!

Hat sie aber gesagt. Ist sie nicht dumm?

Professor Winter lehnte sich zurück und betrachtete Nikola. Gehst du denn gern zur Schule, mein Kind?

Nikola hatte Haut auf ihrem Kakao entdeckt und war im Begriff, sie mit dem Löffel herauszuschöpfen. Dann wusste sie nicht mehr weiter. Sie hätte den Löffel heimlich unterm Tassenboden abschmieren können, doch leider wollte der Professor seinen Blick nicht von ihr nehmen. Sie steckte den Löffel zurück in die Tasse, rührte darin herum. Helle Flocken stiegen durch die dunkle Brühe nach oben.

Im Lesen und Schreiben bin ich die Beste, verteidigte sie sich.

Ha, ha! Herbert äffte sie nach. In der Volksschule ist das auch keine Kunst!

Ein strenger Blick seines Vaters brachte ihn zum Schweigen.

Würdest du gern eine weiterführende Schule besuchen, Nikola?

Nikola legte ihren Löffel manierlich auf die Untertasse. Weiterführende Schule, das klang nach großen Entfernungen. Nach unerreichbaren Orten. Nach Häusern wie diesem, groß, warm und sauber, in dem sie saß und eine Fremde war.

Das ist sicher sehr teuer, sagte sie leise.

Der Professor räusperte sich und stand auf. Du musst diesen Kakao nicht trinken, mein Kind. Seinen Sohn bedachte er mit einem weiteren strengen Blick. Was ist mit deinen Hausaufgaben? Deine verba irregularia waren eine Katastrophe, als ich dich vorhin abgehört habe. Auf geht's. Frisch ans Werk und keine Müdigkeit vorschützen!

Herbert blieb nichts anderes übrig, als sich achselzuckend von Nikola zu verabschieden. Die Tür schloss er leise hinter sich, obwohl er sie bestimmt am liebsten zugeschlagen hätte.

Es kostet viel Zeit und Mühe, das musst du wissen, sagte Professor Winter. Ohne Anstrengung wird man nichts. Erst recht nicht auf der höheren Schule.

Nikola wollte erwidern, dass verba irregularia, was auch immer das sein sollte, bestimmt weniger anstrengend seien, als täglich Socken stricken zu müssen. Mittwochs verkaufte ihre Mutter Wollsachen auf dem Markt. Ein kleines Zubrot, nannte sie das. Sie kam von der Arbeit, schaltete das Radio ein und setzte sich in ihren Schaukelstuhl. Zu Marschklängen und Volksmusik strickte sie Mützen, Schals, Pulswärmer. Ab und zu auch Pullover. Sie erhielt alte Sachen aus der Kleiderspende, die sie aufribbelte und zu Knäueln wickelte. Nikola lernte früh, die Wolle beim Stricken weder fest zu ziehen noch locker zu lassen. Doch allzu oft knirschte das Gewebe auf den widerborstigen Stricknadeln, dann wollte Nikola ihre Arbeit am liebsten in die Ecke pfeffern. Verzählte sie sich oder ließ sie eine Masche fallen, hagelte es Ohrfeigen. Sie trödelte auf dem Heimweg von der Schule und stahl sich davon, so oft sie konnte, um den Strickarbeiten zu entgehen. Lieber las sie. Ihre Schulbücher kannte sie fast auswendig.

Ich weiß alle Hauptstädte von Europa, sagte sie.

Er lachte. Deine Lehrerin hält sehr viel von dir. Ich habe mit ihr gesprochen. Möchtest du es zumindest versuchen?

Aber meine Mama hat kein Geld, und ich muss Socken stricken!

Zerbrich dir mal darüber nicht den Kopf.

Professor Winter meldete sie zu einer Prüfung an. Einen Vormittag lang musste sie lesen, schreiben, rechnen und Sachkunde-Fragen beantworten. Die Lehrer, die sie beaufsichtigten, waren alt und ihre Kleidung sehr grau. Um strengen Blicken auszuweichen, konzentrierte sich Nikola fest auf die Arbeitsblätter und sah kein einziges Mal nach oben. Die Aufgaben fielen ihr leicht, selbst das Rechnen. Sie hatte sogar genügend Zeit, alle Ergebnisse sauber mit dem Lineal zu unterstreichen.

Zwei Wochen später teilte ihr der Professor mit, dass sie nach dem Sommer aufs Gymnasium gehen werde. In die Sexta. Nikola ließ sich dieses Wort auf der Zunge zergehen, erschmeckte es vorwärts und rückwärts, rufend und flüsternd, betont und nachlässig, bis es ein Teil von ihr wurde.

Ein höheres Töchterchen will er aus dir machen, sagte ihre Mutter spöttisch. Die schon heute nichts als Flausen im Kopf hat. Aber wehe, du bildest dir ein, dich vor der Hausarbeit drücken zu können.

Doch sie wurde großzügiger, sah so manches Mal darüber hinweg, dass Nikola die Diele nicht geputzt oder die Wäsche nicht aufgehängt hatte. Ihre Tochter mache Abitur, sagte sie stolz zu einer Freundin. Die Abschlussfeier erlebte sie dann nicht mehr; sie starb zwei Jahre vorher an Lungenkrebs.

Als Nikola in die Quarta kam, verkaufte Professor Winter sein schönes Haus im Musikerviertel und wanderte mit seiner Familie nach Amerika aus. Dort erwarte ihn ein ganz neuer Schaffensbereich in der Reproduktionsmedizin, sagte er zu Nikola. Bis zu ihrem einundzwanzigsten Geburtstag schickte er ihr jeden Monat einen Scheck. Danach hörte sie nie wieder etwas von ihm.

Auftauchen durch konzentrische Kreise von Schwindel und Hitze bis ans Licht. Das Atmen fällt schwer. Durch den Körper hämmert es zu schnell. Drei Straßen weiter werden neue Häuser gebaut, Innenstadtverdichtung, das Fundament ist noch längst nicht fertig. Sie rammen Betonpfähle in den Boden. Hat Niks ihre Herztabletten schon genommen? Der Zeit beizukommen wird immer schwieriger. Stunden und Tage verdauen sich in großen Stücken, verschwinden ungesehen in Fugen und Löchern, doch Niks hat keine Kraft mehr, sich zu fürchten. Anfangs schaffte sie es noch, sich zur Toilette zu schleppen; jetzt steht ein Eimer neben ihrem Bett. Allerdings kommt kaum noch etwas. Die Wasserflaschen auf dem Nachtkästchen sind schon seit geraumer Zeit leer. Niks' Zunge ist hart wie Holz. Die Hüfte hat ihr wehgetan. Aber auch Schmerzen vergehen, wenn man sich nur lange genug in sie hineinlegt. Sich nicht rührt, sich tot stellt, bis selbst der Schmerz das Interesse verliert.

Manchmal dreht sie die Zipfel ihres Kopfkissens um, weil es auf der anderen Seite kühler ist. Nur die Zipfel, das ganze Kissen schafft sie nicht, dafür müsste sie sich aufrichten. Sätze und Bilder kommen ihr in den Sinn, so absonderlich, dass sie nicht einmal weiß, ob es Sätze oder Bilder sind. Vielleicht sind es ja Visionen. Hirnmüll. Eine Begegnung mit Gott, die sie verschlafen hat. Ab und zu taucht sie höher und wundert sich über ihre eigene Klarheit. Dann möchte sie am liebsten etwas aufschreiben – irgendeine Idee, die ihr Leben einmal ausgemacht hat. Doch die Klarheit trügt. Die wenigen Sätze, an die sie sich später zu erinnern meint, klingen dada, wie im Traum; im Wachsein versteht sie nichts mehr davon.

Ich steh einfach auf junges Fleisch, sagte Scheuermann erschöpft neben ihr im Bett. Diese Kleinen wissen gar nicht, was sie mir antun. Mit ihren Schlüpferchen, ihren rosa Blümchen, ihren glitzernden Spangen im Haar und ihrer abgekupferten Koketterie. Ich weiß, sie wollen sich nur erwachsen machen. Dann sag ich mir, die Leute sollten ihre Mädchen besser erziehen. Ich kann nichts dafür, dass sie in prallen Hosen stecken und Brüste bekommen, die mehr Raum einnehmen als jede Kinderbluse zulässt. Gespannte, glänzende Haut, wohin ich sehe. Bei jeder denk ich, sie ist einzig und allein gemacht für mich. Diese zunehmenden Mädchen, die noch nichts begriffen haben. Bald werden sie erwachsen und unscheinbar, doch für kurze Zeit sind sie der Inbegriff des Begehrenswerten. Sie sind das, was sich jeder Mann in seinen kühnsten Visionen ersehnt.

Alter Schurke. Niks vergrub sich im Bettzeug und wandte ihm den Rücken zu. Du willst mich bloß demütigen.

Er lachte leise und neckend. Das könnt ich nie, dich demütigen. Das hat noch keiner hingekriegt. Nein. Ich bin bloß ehrlich zu dir. Ich sage dir, was alle Männer sagen würden, hätten sie den Mumm dazu. In der Bibel steht es, im Koran, in den alten Sagen. Das Recht der ersten Nacht. Es sind die jungen Unberührten, die den Menschen antreiben. Doch die sogenannten Aufklärer haben alles gezähmt und gleichgemacht.

Furchtbar, spottete Niks. Aus dem Augenwinkel sah sie, wie er das Haargummi aus seinem grauen Pferdeschwanz löste und es sich zwischen die Zähne schob. Die Mehrheit wurde mundtot gemacht und schweigt seitdem, zischte er. In den alten Zeiten wäre das nie passiert, damals waren die Männer noch stark.

Er band seinen Zopf wieder zusammen. Sein neues Spiel, hoffte Niks. Bei ihm war die Lust immer auch verbal, in intimen Momenten flüsterte er unschöne Dinge. Er war ein Angeber, ein Übertreiber. Sie hatte sich daran gewöhnt, ihm nicht zu glauben. Trotzdem rückte sie unwillkürlich von ihm ab.

Wenn es so wäre, könnte ich dich nicht mehr ansehen, flüsterte sie.

Er lachte. Der Realität ins Auge zu blicken, liegt euch Frauen nicht. Nur die Jugend zählt. Jugend ist dazu da, konsumiert zu werden, so dreht sich die Welt weiter. Du und ich, wir sind längst marginal, doch wir nehmen uns, was wir kriegen können. Du auch! Du vor allem!

Niks schlug ihm mit der Faust ins Gesicht und wünschte sich, er bekäme ein blaues Auge davon. Er aber blieb einfach auf dem Rücken liegen und lachte sie aus.

Wie erträgst du das bloß, fragte sie Hilda.

Hilda hatte damals noch lange Haare, blond und ausschweifend wie die Mähne einer Zirkusstute. Sie wirkte spitzbübisch, als aktiviere Scheuermanns Gegenwart eine kindliche Ader in ihr. Zum Betriebsfest des Senders hatte sie sich in eine Art Kimono gehüllt. Niks' dreiste Frage verstand sie; das verrieten ihre urplötzlich geröteten Augen, doch mit einer grandiosen, alles umarmenden Handbewegung wischte sie alles zur Seite. Ich ertrage gar nichts, sagte sie. Er erträgt mich.

Niks stand auf und kam mit zwei Gläsern Wodka Lemon wieder. Die Kollegen nickten ihr freundlich und ein wenig misstrauisch zu; ihre Nähe zur neuen Frau des Chefs betrachteten sie abwartend. Niks hatte Hilda von Anfang an gemocht. Hildas Existenz befreite sie, aber das war nicht der einzige Grund. Es gibt Menschen, von denen man sich auf Anhieb verstanden fühlt, selbst wenn man nur wenige Worte mit ihnen gewechselt hat. Hildas Blick war so unverstellt, so freundlich und neugierig, als vermutete sie das Beste in Niks. Was Scheuermann ihr erzählt hatte, konnte Niks nur erahnen. Aber darum ging es nicht. Niks wünschte sich die Chance, einmal so gesehen zu werden, wie sie es wollte.

Du bist noch jung, sagte Niks und prostete Hilda zu. Das macht vieles einfacher.

Hilda schob das Glas mit den Fingerspitzen weg. Sie hatte kräftige Hände mit kurzen Nägeln und einem Muttermal auf dem rechten Ringfinger, das wie eine Tätowierung wirkte. Nein danke, sagte sie. Es ist mir wichtig, die Kontrolle zu behalten.

Tatsächlich hielt sie sich den ganzen Abend an Apfelsaftschorle und Mineralwasser fest. Ein Kollege aus der Musikredaktion interpretierte *My Way* als Karaoke. Das anschließende Gelächter beruhte nur teilweise auf seiner Unfähigkeit, Töne zu treffen. Gerd, du hast dein ganzes Leben keinen eigenen Weg gefunden, schrie Scheuermann. Das ist anmaßend! Wenn einer ein Recht auf dieses Lied hat, dann ich! Scheuermanns Hände fielen schwer auf den Tisch; sein Essbesteck klirrte gegen das gebrauchte Geschirr.

Den neckenden Einladungen seiner Mitarbeiter, seine eigene *My-Way*-Version zum Besten zu geben, folgte Scheuermann nicht. Stattdessen zwinkerte er Niks zu und legte zugleich den Arm um Hilda, um sie zu küssen.

Niks sah zur Seite und fühlte sich befreit. Dann trank sie beide Gläser Wodka Lemon selbst. Von Lea aus der Marketing-Abteilung hatte sie erfahren, dass Hilda eine zwölfjährige Tochter hatte, von deren Existenz Scheuermann nichts wissen wollte. Ihm genüge der Sohn aus erster Ehe. Er lege keinen Wert auf das Vorleben seiner Gespielinnen, sagte Lea gehässig. Brandneu sollen sie zu ihm kommen, wie am ersten Tag. Niks wusste, dass Lea heimlich für Scheuermann schwärmte. Leider war Lea dick und katholisch, und zu allem Überfluss hielt sie sich eine Katze als Wohnungsgenossin. Scheuermann mochte keine Katzen; er schob eine Allergie vor, doch Niks war sich sicher, er ertrug die Unabhängigkeit dieser Tiere ganz und gar nicht.

Zu Niks war Lea freundlich; sie betrachtete sie als Lückenbüßerin für Scheuermann. Als Niks und Scheuermann ihre Beziehung beendeten und einander in der Redaktion nur noch kühl und höflich behandelten, wirkte Lea enttäuscht, fast beleidigt. Dann tauchte Scheuermann mit Hilda auf und Lea lästerte hinter vorgehaltener Hand. Die wird sich nicht lange halten können, die ist viel zu wertschätzend, viel zu naiv. Die macht es doch mit jedem, sagte Lea. Niks hörte sich das Gerede länger an als sie sollte; es entband sie davon, selbst etwas sagen zu müssen. Sie wusste, sie würde Scheuermanns dunkle Vorlieben für sich behalten, aber sie schämte sich bitterlich.

Ihre Mutter verschwand einfach. Heute war sie noch da, morgen schon nicht mehr. An einem sonnigen Märztag war das Krankenhausbett, in dem sie gelegen hatte, leer. Ein anstrengender Tod, sagte die Schwester mit tadelndem Seitenblick. Das Gesicht der Mutter war schon seit Jahren starr gewesen, es hatte Niks ausgeschlossen; das Sterben veränderte da nicht mehr viel.

Später spazierte Niks durch die Straßen an den See, sich wundernd, dass die Welt einfach so weiterging. Ein Mensch war verschwunden, doch die Vögel saßen wie notierte Musik auf ihren Hochspannungsdrähten und zwitscherten, ein Autofahrer rief einem Radler durchs Seitenfenster etwas Unfreundliches zu, und vor dem Yachthafen wippten Segelboote. Niks versuchte, den Gleichmut der Sonne zu imitieren, indem sie Schuhe und Socken abstreifte, sich flach auf die Böschung legte und direkt in die gleißende Helligkeit schaute. Es funktionierte nicht; sie machte die Augen zu, und dann musste sie wohl eingeschlafen sein, denn sie hatte Tränen in den Ohren, konnte sich aber nicht daran erinnern, geweint zu haben. Sie setzte sich auf. An ihren bloßen, noch winterweißen Füßen entdeckte sie zum ersten Mal die Spuren längst weggeworfener Schuhe.

Die Gesichter über ihrem Bett sehen vorwurfsvoll aus. Ulla hält Susi links und Gabi rechts von sich und redet von zerstörter Liebe. Ihr Mund hängt schief vor lauter Verbitterung. Du bist wie ein Mann, der sich einfach nimmt, was er will. Frauen sollten solidarischer sein.

Niks hebt die Lider etwas höher und lächelt, als Ulla anfängt, von Gleichberechtigung zu sprechen. Lach mich nicht aus, schreit Ulla. Ihre Töchter, die sie mit eisernem Griff festzuhalten schien, müssen sie jetzt stützen.

Die mit den eingefallenen Wangen, der Haarsträhne über der Stirn und den schwimmenden Augen, das ist Hilda. Du warst es, die mir als Erste von seinen Begierden erzählt hat, und jetzt willst du mir mit Paula nicht helfen? Niks ist zu schwach, kann Hilda nicht erklären, dass sie kein Recht mehr besitzt, andere zu verurteilen. Karen steht neben Hilda. Verräterin! Ich habe dir meinen Sohn überantwortet, in vollstem Vertrauen.

Hektor steht mit bebenden Lippen im Hintergrund. Seine harten Haare stehen wieder in lächerlichem Gegensatz zu seinem weichen Mund. Küss mich, Niks. Küss mich doch und reite auf mir herum, bis dir alle Luft ausgeht.

Aber sieh dir das an! Er hat Myra an seiner Seite, die ganz und gar nackt ist; bloß ihr dunkles Haar schmiegt sich zwischen den Brüsten entlang bauchabwärts wie ein zartes Stück Seide. Das ist es, was ich wollte, und was hab ich von dir bekommen? Dierk ist auch da. Trinkt Bier aus der Flasche und bewegt seinen Adamsapfel dazu. So sieht er aus, der Niedergang! Frauen in farblosen Wolljacken kauern um ein Feuer und grillen Stockbrote. An der Wand steht Scheuermann, öffnet seinen Mund zu brüllendem Lachen und zeigt auf Niks' Mutter, die sich verschüchtert in eine Ecke drückt. Da! Seht ihr, da steht sie! Alle wenden sich von Niks ab, um stattdessen ihre Mutter anzustarren. Ohne sie wäre das alles nicht passiert.

Es überrascht Niks, wie leid ihr die Mutter tut und wie jung sie auf einmal aussieht, viel jünger als Niks selbst. Komm doch zu mir, sagt Niks. Aber die Mutter steht umringt von den anderen, die jetzt alle mit dem Finger auf sie zeigen. Das Gesicht hält sie gesenkt, wirre, blonde Haare fallen ihr in die Schläfen. Sie tut so, als hätte es Niks nie gegeben.

Kälte. Sie spürt sie nicht. Doch manchmal wacht sie auf und wundert sich über die klammen Dinger auf ihrem Kopfkissen, die sich bewegen, wenn sie sich bewegt. Vier davon liegen jetzt an ihrer Wange, das fünfte ist in ihrem Blickfeld, wenn sie die Augen aufmacht; ein rundlich graurosafarbener, kalter, kleiner Körper, der irgendwie mit den anderen Sachen und mit ihr selbst verbunden ist.

Dann morgendliche Sonnenwärme: ein verheißungsvoller Tag, der unbestimmte Freude hervorruft. Überall Reflektionen: auf der Bettdecke, auf dem See, auf den Lamellen der Fensterläden, selbst auf dem blonden Holzboden, dem gebrochenen Leim zwischen den Dielenritzen. Erste Stimmen von Meisen und Spatzen mischen sich unter das dunkle Schnarren der Krähen. Eine unansehnliche Frau hat einen gemusterten Anorak an, dessen Farben Niks selbst trug, als sie noch jung war, und die sie einen Moment lang glücklich machen. Niks glaubt, das beginnende Frühjahr zu riechen. Letzte verrottende Blätter werden endgültig zu Humus. Ein Geruch nach Tod und neuem Leben, der zum Aufstehen einlädt. Doch sie kann sich nicht erinnern, wie das geht.

Im Februar ist das Wasser klar wie kaltes Glas; sie kann bis zum Grund sehen. Dafür muss sie jetzt weit ins Tiefe waten. Die fernen Berge halten den Schnee noch, aber die Sonne ist schon steiler und weniger fahl. Gestern war Schmotziger

Donnerstag. Die Weckrufe der Narrenzunft hat Niks im Dämmerschlaf für das Kreischen gen Norden ziehender Kraniche gehalten. Doch der Frühling kommt doch erst noch, oder? Warum nicht solange weiterleben? Es gibt ja so viel Schönes. Das heiße Wasser der Dusche auf ihrer Haut. In einen Apfelstrudel beißen. Die sanfte Stimme eines Radiomoderators. Lektüre. Dafür muss sie sich wieder mehr Zeit nehmen; sie hat doch genug, denn sie ist ganz alleine. Niemand ist gekommen, um nach ihr zu sehen. Aber das macht ja nichts. Die glücklichsten Momente ihres Lebens hat sie immer allein verbracht.

Bibliografische Information der Deutschen Nationalbibliothek
Die Deutsche Nationalbibliothek verzeichnet diese Publikation in der
Deutschen Nationalbibliografie; detaillierte bibliografische Daten
sind im Internet über www.dnb.d-nb.de abrufbar.
Chris Inken Soppa, KALYPSOS LIEBE ZUM KALTEN SEERHEIN
Verlag Josefine Rosalski, Berlin 2015

1. Auflage
© 2015 edition ♦ karo
im Verlag Josefine Rosalski, Berlin
www.edition-karo.de
Alle Rechte vorbehalten
Umschlagfoto: © Eric Isselée – Fotolia.com
Porträtfoto: © Chris Inken Soppa
Druck u. Verarbeitung: SDL Buchdruck, Berlin
Gedruckt in Deutschland
ISBN 978-3-937881-75-1